四時詞韻

二十四節氣的詩意書寫

邵澤華 著

以「詞譜」詠「節氣」，在四季流轉中品讀古典文學與自然規律的共鳴！

立春春意朦朧，懶梅紅。金潤迎春花豔，引春風。
茶花醉，柳枝昧，玉蘭憆。喚得春光無限，百花濃。

節氣時序 × 古典詩詞

節氣中的古典意象及文化詮釋
以「詞」為文化載體，展現四季的流動與傳承！

目錄

序 ………………………………………… 005

凡例 ……………………………………… 007

前言 ……………………………………… 009

春韻：新生與萌動 ……………………… 011

夏之情：繁茂與熱烈 …………………… 063

秋之思：收穫與離別 …………………… 115

冬靜：沉澱與輪迴 ……………………… 157

目錄

序

　　《黃帝內經》有云:「五日謂之候,三候謂之氣,六氣謂之時,四時謂之歲。」故而一歲可以為四時,可以為二十四氣,可以為七十二候也。其時三分,謂之周月,以二氣為節,曰孟、仲、季,故又云:二十四節氣。

　　有問緣何?曰:慧觀也。觀,魚蟲禽獸之象,草木竹石之象,雲雨雷霆之象,日月星辰之象。慧,而得時歲之分,節氣之律,天候之別。

　　再問用何?曰:農者也,修者也。知其律,行其順,耕以豐收,養以天年者也。

　　瑰兮,珍兮,此二十四氣,可謂澤溉萬世矣!其始於精微,而跨越天地,涵詩律之工整,攜詞韻之俊逸。美哉,妙哉,承千年而未改一字,此煉之金純,難有出其右者矣!

　　今有後人,以詞畫景,借二十四氣之靈,邀繁花百草入卷。一傳天文地理之律,二廣眾卉群芳之菲,三揚詩詞格調之雅,四倡吟詠賞析之規。

　　緣源則生,乘蔭而沃。前人樹木,方有其蔭,得承其惠,故沃而不使其竭。後人得二十四氣之惠,遂解其表,析其象,

序

別其天時,鑑其地質,言簡而傳,以望沃之。

揮墨添香,分華倍悅。神州袤遠,花草萬千,固有熟聞之名卉,亦存未顯之隱香。然花草者,其馥不減於嗅者眾,其貌不揚於觀者稀。是以,何不描於圖畫,繪於細文,共賞其華,但增悅者?

感時而詠,邀月而吟。悠悠明月,灼灼其輝,其時乃易,其韻長清。悠悠明月,何去何歸,攜此新作,與古人聲。悠悠明月,何去何歸,記此格律,與後人聲。

循道以行,正名而規。今繁有吟者善於誦,析者善於度。然鮮有詠者,賞者,哀也。其人以誦為吟詠,以度為賞析,謬也。須知:誦其作曰吟,歌其作曰詠,贊其作曰賞,度其作曰析。是故,吟者誦其格,詠者歌其調,析者度其故,賞者贊其妙也。

合此數者,可謂宣先賢絕智,弘往聖遺德矣!

邵漢舒

凡例

1. 結構

　　1——1 本書分為「詠唱」、「詞牌與詞譜」、「賞析」、「節氣」四部分。

　　1——2「詞牌與詞譜」相關內容主要參考《平水韻》及《欽定四庫全書》中的《欽定詞譜》(一稱《御製詞譜》)、《詞林正韻》，詞中格律本平可仄、本仄可平的均標為「中」。

　　1——3「節氣」部分附上詞中所涉意象的介紹，以詞條「【】」形式展現，並在書末附有索引。

2. 圖片

　　2——1 各詞的配圖為古代、近代名畫，圖後均標明了作者及作品名稱等。

　　2——2 篇首和「節氣」部分的相關意象所用配圖，均已取得相關網站授權。

3. 注音及腳注等

　　3——1 對於易唸錯的詞牌名與生僻字，本書配有注音，如「踏莎（ㄙㄨㄛ）行」。

凡例

　　3──2 對於相關資料來源與補充說明的內容,本書採用頁下注的形式。

前言

　　我們生活在這片深愛的土地上，這片大地有二十四個節氣。你知道，節氣有多美嗎？

　　「春雨驚春清穀天，夏滿芒夏暑相連。秋處露秋寒霜降，冬雪雪冬小大寒。」二十四節氣反映了氣溫、降水、天象和物候在四季中的變化，不僅對農業生產具有指引意義，在人們日常生活中也發揮了重要作用，至今仍在影響並指引著人們的農作生產和生活。

　　二十四節氣是中華民族智慧的結晶，是中國傳統農耕文化的精華，是我們應當繼承和發揚的優秀傳統文化，更受世界認可，於2016年被列入聯合國教科文組織人類非物質文化遺產代表作名錄。

　　二十四節氣中的景象，彷彿一幅幅山水畫，給人美的享受和無窮的想像空間。節氣的獨特之美佐以中華民族的另一文化瑰寶——古詩詞，更是韻悠悠，意無窮。本書以「二十四節氣」為主題，以詞為載體貫穿歌詠，並藉以不同的詞牌貼合節氣的典型特徵，描摹萬物隨著節氣變化產生的多樣性；所用詞譜音韻依據唐宋名家體例，參考《欽定詞譜》、《平水韻》、《詞

前言

林正韻》等；且每首詞配有優美的畫作，圖文並茂。

　　本書意欲透過物理與訊息的結合揭示世界執行的規律，經由文化與科學的結合展示自然之美，繪美景，展風情，激發人們對二十四節氣文化的興趣，讓遠離鄉村的人為鄉土之戀尋一處安放，更為我們的文化自信添一縷清香。越是民族的，才越是世界的！願以本書為媒，邀讀者共研詞中百味。讀者之經歷、心境等不同，所見、所悟亦有不同，詞作經由讀者的詮釋，更添繽紛色彩，故而讀者才是真正的作者。

　　基於邵澤華先生的詞作，李雯、溫志惠、董正剛、付威、姜夢雅五人參與本書編寫。編寫團隊成員研究背景涵蓋環境、社會、新聞、考古、哲學等相關領域，希望以多視角品讀詞作，呈現飽含在中華二十四節氣中的內涵和韻味。受能力所限，書中內容或有不足，懇請讀者批評指正！

編者

春韻：
新生與萌動

春韻：新生與萌動

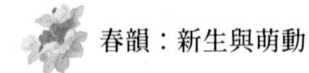

相見歡・立春

立春春意朦朧，懶梅紅。金潤迎春花豔，引春風。

茶花醉，柳枝昧，玉蘭懵。喚得春光無限，百花濃。

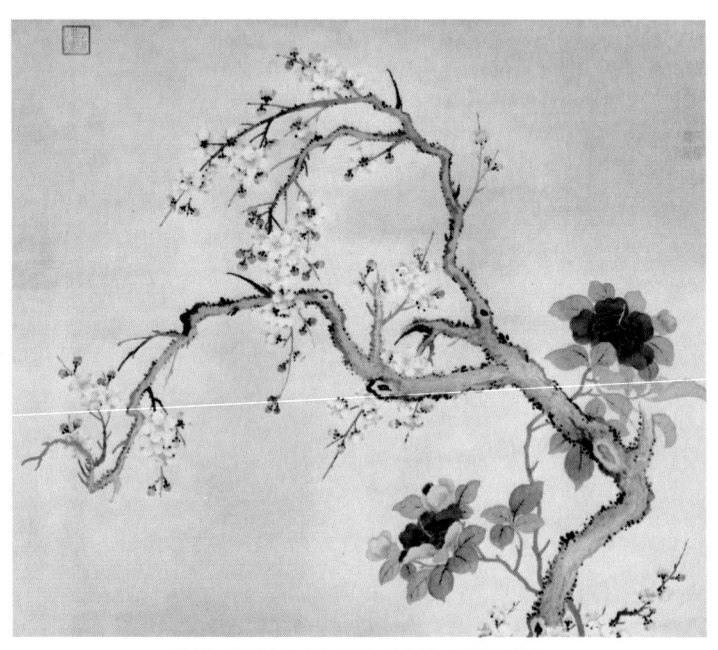

〔清〕錢維城〈梅茶水仙軸〉（區域性）

一、詠唱

春的氣息漸漸穿越嚴寒，俏容半掩，好似薄紗覆面，模樣若隱若現，帶來朦朧愛意。梅花裝懶，只露幾朵，閒適倚臥枝頭，一時小臉兒暈紅，悠悠開放。

相見歡・立春

　　迎春花守候了一個冬天，舒展柔韌的長條，花枝紛繁，花蕊含香。花瓣像被金子浸染了一樣，透著金燦燦、黃豔豔的光彩，吸引春風加快輕盈的腳步。

　　阡陌旁，山茶花盛開，重瓣低垂，擁春夢而醉，馥郁醇醇。長堤上，柳絲輕舞，嫩芽剛剛冒頭，點點新綠鵝黃，若明若昧。春苑中，玉蘭結蕾，半開半遮，欲放未放，懵懵懂懂，呆萌可愛。

　　花思湧動，為春而開，呼喚著春色，無盡流淌，充溢四野。一個花團錦簇、萬紫千紅、芬芳濃郁的春天就要到來！

二、詞牌與詞譜

　　「相見歡」，原為唐教坊曲名，後用作詞牌名，又稱「秋夜月」、「上西樓」、「西樓子」、「烏夜啼」等。由其名可知，該詞式的聲律系統多用漫吟輕訴表現愉悅之情。

　　「相見歡」，共五體，正體雙調三十六字，前段三句三平韻，後段四句兩仄韻、兩平韻。[01]

　　正體範例，唐代薛昭蘊〈相見歡・羅襦繡袂香紅〉：

---

[01] 平韻是指平聲韻，三平韻是指三個平聲韻。平韻格是指整首詞押同一韻部的平聲韻。仄韻是指仄聲韻。仄韻格是指整首詞押同一韻部的仄聲韻。詞韻一般是指清朝戈載編撰的《詞林正韻》。相對來說，詞的押韻比格律詩寬鬆，韻腳可分布在相鄰韻部。葉韻指同一個韻部中平聲韻和仄聲韻交替使用。疊韻指的是詞的某一韻腳與前相鄰韻腳是同一個字，如「恨悠悠，思悠悠」中的「悠悠」；或者不同的字押同一韻腳，如「荒唐」、「螳螂」四字都押「江」部韻。

春韻：新生與萌動

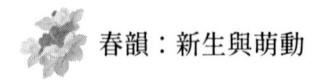

羅襦繡袂香紅，畫堂中。

中平中仄平平，仄平平。

細草平沙蕃馬，小屏風。

中仄中平中仄，仄平平。

卷羅幕，憑妝閣，思無窮。

中中仄，中中仄，仄平平。

暮雨輕煙魂斷，隔簾櫳。

中仄中平中仄，仄平平。

五代李煜〈相見歡・無言獨上西樓〉（變體二）：

無言獨上西樓，月如鉤。寂寞梧桐深院鎖清秋。

剪不斷，理還亂，是離愁。別是一般滋味在心頭。

三、賞析

見春欲來，心生歡喜，故用詞牌「相見歡」，滿含著春歸的希冀。

「立春春意朦朧」，「朦朧」一詞，正貼合立春的特徵。春日初晴時乍暖還寒，在冬天裡沉睡的生命開始甦醒，春天的序幕剛剛拉開，春日的節奏剛剛奏響，「碎霞浮動曉朦朧」，恰似黎明時分晨光熹微的樣子。春朦朧，萬物也朦朧，萬物半揭面

紗，醞釀著復甦，累積力量，即將展露生機。[02]

「懶梅紅」，一則表露梅花的閒散狀態，梅花幾點紅，懶懶散散地開在枝頭；二則與「朦朧」互表，似是裝懶才從冬天蟄伏到初春，要觀望一會兒，親歷初春的景緻。

「金潤迎春花豔，引春風」，得點點春氣滋養，迎春花先聲奪人，盛開滿枝的金黃，如金子潤透了一般。「潤」、「豔」、「引」三字構成因果傳遞，由內到外，由花及春，詞意也隨之遞進。花因「金潤」而「豔」，金裝使花朵更顯豔麗華貴。由「豔」而「引」，可理解為兩層含義：一為吸引，迎春花色彩奪目，自然吸引了春風的注意；二為引領，花如其名，猶如嚮導，身著典雅盛裝，引領著春風開啟流霞般的春色。

「茶花醉，柳枝昧，玉蘭憛。」茶花盛開，層次飽滿、鮮豔豔的花朵宛若紅寶石、白寶石，光豔四射，正是「酒面低迷翠被重」，花意酣濃，正「[03]醉」於朦朧春意。「昧」，指將明未明之態，是柳枝剛剛抽條的狀態，嫩芽從枝條上鑽出來，綠意將生未生，對未來有羞澀，也有期待，未來亦明昧不定。「憛」字讓玉蘭鮮明可觸，易於想像。玉蘭樹上，花苞越發豐滿，有的悄悄綻出；有的剛冒花尖，好似探頭尋覓春的世界，一半是好奇，一半是嬌痴。「醉」、「昧」、「憛」恰到好處地刻劃了茶花、柳枝、玉蘭在立春時節的不同狀態：茶花完全盛開，柳枝剛剛抽條，

---

[02] 宋代張先〈少年游〉詞「碎霞浮動曉朦朧，春意與花濃」。
[03] 宋代辛棄疾〈浣溪沙・與客賞山茶，一朵忽墜地，戲作〉。

春韻：新生與萌動

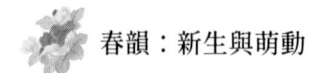

玉蘭含苞待放。它們各具意趣，這既是對「春意朦朧」的寫照，也是「春光無限，百花濃」的先導，承上啟下，充滿巧思。

「喚得春光無限，百花濃。」以此句作結，春天便呼之欲出了。「喚」，盡顯春天動態生機。萬物告別沉寂的冬天，歡呼雀躍，迸發活力。「喚」有兩重意涵：一是「喚」春光來，先開的花，是春光的先遣和序言，呼喚著、昭示著春天的腳步重回大地；二是「喚」百花開，一花獨放不是春，百花齊放才是春。屆時萬紫千紅，繁花似錦，春色滿園，大地處處生機勃勃。

四、節氣

立春，是二十四節氣之首，又名「改歲」、「歲旦」等。當北斗七星的斗柄指向東北並逐漸回寅時，為立春。現行是依據太陽黃經度數定節氣，當太陽到達黃經 315° 時（見下表），為立春，於每年國曆 2 月 3 至 5 日交節。春風送暖，大地開始解凍，萬物即將甦醒。立春時，有「魚陟負冰」（陟：升高）的物象。北方正月暖至，河裡的冰開始融化，魚兒也開始到水面上游動，水面的碎冰如同被魚背著一般浮在水面上。[04],[05]

---

[04] 古人以北斗七星之斗柄的運轉來計算月份。一年十二個月以十二地支稱之，相應地，將斗柄運轉的天域分為十二。寅，十二地支（子、丑、寅、卯、辰、巳、午、未、申、酉、戌、亥）之一，五行為木，方位是東，四季為春。斗柄回寅，就是從春開始，經過了四季一年，又回到了春天；斗柄也從東方開始，經南方、西方、北方轉了一圈，回到了東方（寅位）。《淮南子・天文訓》收錄：「正月指寅，十二月指丑，一歲而匝，終而復始。」北斗星的斗柄從指向正東偏北方位的「建寅」之月為起始，然後以順時針方向旋轉，循環往復。

[05] 地球的公轉，從地球上看，表現為太陽的視覺運動，太陽穿行的圓環，稱為「黃

相見歡 · 立春

節氣	斗柄指向	黃經度數	節氣	斗柄指向	黃經度數
立春	東北（艮）	315°	立秋	西南（坤）	135°
雨水	寅	330°	處暑	申	150°
驚蟄	甲	345°	白露	庚	165°
春分	卯	360°/0°	秋分	酉	180°
清明	乙	15°	寒露	辛	195°
穀雨	辰	30°	霜降	戌	210°
立夏	東南（巽）	45°	立冬	西北（乾）	225°
小滿	巳	60°	小雪	亥	240°
芒種	丙	75°	大雪	壬	255°
夏至	午	90°	冬至	子	270°
小暑	丁	105°	小寒	癸	285°
大暑	未	120°	大寒	丑	300°

注：參考〔東漢〕張仲景《傷寒雜病論・傷寒例》。

　　從先秦到明清，春節即「立春」這一天。現在的農曆正月初一被稱為春節是民國時期定下來的。古代「立春」節，皇帝祭拜天地並親自下地耕種一把，謂之「籍田」，表達了歷朝歷代對農業生產的高度重視。立春時節，乍暖還寒，日間「風暖」，晨晚卻讓人倍覺「春寒料峭」。隆冬氣候快要結束，但冷高壓仍然比較強大，在強冷空氣影響的空檔，偏南風次數增加，氣溫逐漸回升。

　　迎春花、茶花等為立春節氣典型的花信。

道」。黃經是指到達近日點時在黃道上的經度值。按天文學慣例，以春分點為起點自西向東度量，分360°。我國古人把太陽黃經的360°劃分成24等分，每分15°，為一個節氣，全年即有二十四個節氣。

春韻：新生與萌動

【梅】

薔薇科杏屬落葉喬木。早春花先開，後生葉芽。果未熟時為青色，梅雨季節結青梅。《山海經·中山經》就有「靈山其木，多桃李梅杏」的記載。《西京雜記》載：「漢初修上林苑，遠方各獻名果異樹，有朱梅、胭脂梅。」梅花既列於「歲寒三友」（松、竹、梅），又入「四君子」（梅、蘭、竹、菊），還入「雪中四友」（玉梅、蠟梅、水仙和山茶）。

【迎春花】

木犀科素馨屬落葉灌木,別名「金腰帶」等。株高30～100公分。小枝細長,直立或拱形下垂,呈紛披狀。花單生,先於葉開放,有清香,金黃色,外染紅暈,花期在2至4月,不畏寒。因其在百花之中開花最早,盛開後即迎來百花齊放的春天而得名。唐代白居易〈玩迎春花贈楊郎中〉就有「金英翠萼帶春寒」的記載。

【茶花】

　　山茶科山茶屬,入中國「十大名花」,原產於中國東部。不同歷史時期有「海石榴」、「曼陀羅」等名,如南朝江總〈山庭春日詩〉有「岸綠開河柳,池紅照海榴」。茶花顏色多樣,花期長,從飛雪的季節一直到三春之暮,盛花期通常在1至3月。

春韻：新生與萌動

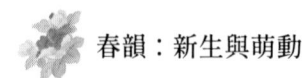

【柳樹】

　　楊柳科柳屬，是中國原生樹種，甲骨卜辭中已有「柳」字。「柳」之「卯」，《說文解字》解釋「卯，冒也」。天干地支的「卯」指仲春二月。「柳」的本義即春天率先發芽的樹。柳易種易活，隨處而安，佛教中觀音菩薩手持玉淨瓶，瓶插柳枝，因柳樹點水便生，並有生活用具與藥物等多種用途。

【玉蘭】

　　木蘭科玉蘭亞屬落葉喬木。玉蘭屬有 40 種原產於中國，正月至二月開花，花先於葉開放，花期 10 天左右。屈原〈離騷〉中即有「朝飲木蘭之墜露兮」。明代《大明一統志》中記載

相見歡・立春

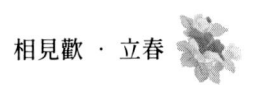

「五代時,南湖中建煙雨樓,樓前玉蘭花瑩潔清麗⋯⋯亦是奇觀」。一般玉蘭指白玉蘭,木蘭指紫玉蘭(辛夷)。

春韻：新生與萌動

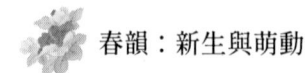

卜運算元・雨水

　　雨水灑春愁，風緒萌春韻。油菜花黃麥苗青，豌豆尖兒嫩。

　　春喚百花妍，白玉蘭獨俊。遙盼雲中鴻雁來，快為春傳信。

〔清〕郎世寧〈仙萼長春圖・海棠與玉蘭〉

一、詠唱

　　春天的甘霖輕輕揚揚灑下，緩緩滋潤著山間田野，帶來萬物生長的愁思；春日裡蘊含著萬物無盡的嚮往，藏著無限的精

彩，也有不確定的未來。徐徐春風攜著萬千思緒，撫慰著愁傷，吹出草木萌發，喚醒青春萌動，旖旎春韻翩翩而至。

與雨水相約的大地，油菜花開遍，成片金黃色，花香濃郁，隨風翻湧出金波；田野裡，麥苗青青，鬱鬱蔥蔥，一望無邊。豌豆尖鮮嫩翠綠，嫩生生的芽兒上露珠晶瑩剔透，葉芽煥發出光彩，朝氣蓬勃。

春之息漸漸吐露，期盼生生不息，呼喚著百花齊放，蓄力一展明豔芳菲。微寒尚在，白玉蘭急切入春，先百花而盛開，枝幹之上先葉而生花，花繁而大，俊俏美妙，神采奕奕。

細雨洗過，白雲飄於碧空，和風輕拂，暖氣騰升，期盼著遠方的鴻雁穿雲而來，快快送來春的音信，萬物迎來春深日暖。

二、詞牌與詞譜

「卜運算元」，詞牌名，又名「卜運算元令」、「百尺樓」、「眉峰碧」、「楚天遙」等。清代毛先舒《填詞名解》云：「唐駱賓王詩好用數名，人稱為『卜運算元』，詞取以為名。」清代萬樹《詞律》據北宋黃庭堅「似扶著，賣卜算」詞句，認為取義於賣卜算命之人。「子」是「曲子」的省稱，即小曲的意思。因此，調名本義即為歌詠占卜測算的小曲。[06]

---

[06] 潘天寧。詞調名稱集釋 [M]。鄭州：中州古籍出版社，2016：15。

春韻：新生與萌動

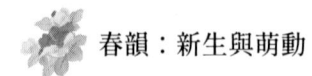

「卜運算元」，共六體。正體為雙調四十四字，前後段各四句兩仄韻，以宋代蘇軾〈卜運算元・黃州定慧院寓居作〉為例：

缺月掛疏桐，漏斷人初靜。

中中中中平，中仄平平仄。

誰見幽人獨往來，飄渺孤鴻影。

中仄平平中中中，中仄平平仄。

驚起卻回頭，有恨無人省。

中中中中平，中仄平平仄。

揀盡寒枝不肯棲，寂寞沙洲冷。

中仄平平中中中，仄仄平平仄。

宋代王觀〈卜運算元・送鮑浩然之浙東〉：

水是眼波橫，山是眉峰聚。欲問行人去那邊？眉眼盈盈處。

才始送春歸，又送君歸去。若到江南趕上春，千萬和春住。

三、賞析

懷著對未來的期盼與嚮往而占卜未知，謂之「卜運算元」。雨水綿細無聲，滋潤著萬物，給大地帶來生機。

卜運算元・雨水

「雨水灑春愁」，春雨灑落大地，綿綿細雨將大地染綠，雨落而驚鴻，潤萬物而無聲。所謂「好雨知時節，當春乃發生」，「雨水」是生命的甘霖，攜帶著無限生機，也攜帶著關切和淡淡愁思。雨水對萬物的情感俱在一個「灑」字，灑得綿密而不猛烈，溫柔呵護，滋養著萬物。「春愁」乃生機背後的隱隱擔憂，未來如霧裡看花隔一層，萬物的生長面對的是難以預知的變化，難免會緊張與不安。

「風緒萌春韻」，風也有自己的思緒和情感，即「風緒」。「風緒」對應上句的「雨水」，「春韻」對應上句的「春愁」，溫潤的微風，帶著柔和的春意，將不安與愁緒吹散，撫慰著憂傷。「萌」，是草木發芽的狀態，是開始和產生之意。風是造物的精靈，將大地喚醒，將生命喚醒，「風緒」萌動春意，萌發春色，萌生春韻。「春韻」一詞引領後文，春日的韻味是油菜花黃、麥苗青、豌豆尖兒嫩、白玉蘭獨俊、鴻雁北歸，是此時的美景，更是春深時的百花齊放、萬物勃發，是一種希望。

「油菜花黃麥苗青，豌豆尖兒嫩」，此句與前句中的「春韻」相呼應。田野裡，油菜花「黃」，麥苗返「青」、拔節正是生長的旺盛期，豌豆尖嫩綠仍是幼嫩時期，金黃色與青綠色正訴說著美好與希望，處處散發著生長的「春韻」。

「春喚百花妍，白玉蘭獨俊」，百花盛開往往是春深日暖的象徵，雨水增多、幾花初放便是「春之始」。初春的細雨灑向

025

春韻：新生與萌動

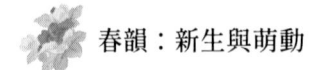

大地，呼喚百花展瓣吐蕊，各種花朵等待著盛開枝頭，芬芳爛漫，嫵媚鮮麗，讓春韻更濃。白玉蘭之「**獨俊**」暗含兩意：一是玉蘭於早春先葉開花，俏麗花朵立於禿枝，無綠葉點綴；二是玉蘭先於百花盛開，感受著春的召喚早早露頭，身姿裊裊，素裝淡裹。

被春天引領著的，既有地上的作物與花朵，又有天邊的鳥禽。

「**遙盼雲中鴻雁來，快為春傳信**」，鴻雁歸來，意在天氣回暖，春日臨近。「**遙盼**」一詞，凝聚著對春的牽掛與期盼；「**為春傳信**」有「鴻雁傳書」之意趣，將春意具象化，如同大自然寄出的一封封家書，讓萬物盡早進入春天的狀態，進一步強調對於未來的美好希冀。

四、節氣

雨水，於每年國曆 2 月 18 至 20 日交節。

雨水節氣意味著進入氣象意義的春天。「雨水」過後，中國大部分地區氣溫回升到攝氏 0 度以上，而華北、西北、東北地區天氣仍以寒為主，降水也以雪為主。雨水正處在數九的「七九」中，河水破冰，大雁北歸。在「潤物細無聲」的春雨中，田野麥綠花黃，春風撩撥百花，慢慢勾勒出一幅「十里鶯啼綠映紅，春雨潤物細無聲」的畫面。但此時天氣變化多端，

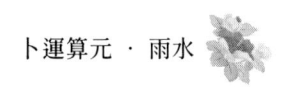

如果遇到寒潮，一夜之間氣溫可下降 10℃，甚至降到 0℃ 以下，飄起鵝毛大雪，人們稱這種氣象變化為「倒春寒」。

雨水這天也有不少習俗活動。在四川一帶，每年雨水節氣時，當地出嫁的女兒要帶上罐罐肉、椅子回去拜望父母。在川西民間，又有「撞拜寄」（認乾爸、乾媽）的習俗，目的是讓兒女順利、健康地成長。

這時的氣候和雨水有利於越冬作物返青生長，如油菜、冬小麥等，因此要加強管控田間作物的春播、春耕工作。華南地區雙季早稻育秧已經開始，應注意抓住「冷尾暖頭」，搶晴播種。

【油菜】

十字花科，一年生或越年生草本植物，是主要的油料作物及蜜源作物之一，分為芥菜型、白菜型和甘藍型三種類型。喜溫涼，喜溼潤，喜光。

春韻：新生與萌動

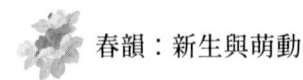

在中國種植非常廣泛，隨著氣溫升高，油菜花從南到北次第盛開，呈現出一片金黃色的壯麗景象。

【豌豆尖】

苗類蔬菜的一種。豌豆的嫩莖葉，又稱「龍鬚苗」。豌豆尖營養豐富，味道清香、質柔嫩、滑潤適口，味道鮮美而獨特。雨水時節，豌豆尖顏色嫩綠，具有豌豆的清香味，可用作湯餚食材。

【鴻雁】

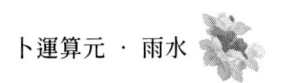

雁形目、鴨科、雁屬的大型水禽，體長 90 公分左右，體重 2.8～5 公斤。嘴黑色，體色棕灰色，頭頂到後頸有一紅棕色長紋，前頸近白色。主要棲息於開闊平原和平原草地上的湖泊、水塘、河流、沼澤及其附近地區。以各種草本植物的葉、芽，包括陸生植物和水生植物、蘆葦、藻類等植物性食物為食，也吃少量甲殼類和軟體動物等動物性食物。鴻雁性喜結群，常成群活動，特別是遷徙季節，常集結數十隻、數百隻甚至數千隻的大群。

春韻：新生與萌動

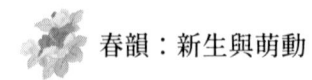

踏莎行・驚蟄[07]

驚蟄鳴春，桃仙驚醒。杏花綻放梨花酩。
琪花瑤草夢春風，垂楊牽手春風詠。
流水觀花，花觀花影。水流春色春光冷。
風箏水裡戲閒雲，莫驚雲裡藍天境。

〔清〕黃慎〈桃花源圖〉（區域性）

一、詠唱

　　春雷陣陣，蟄蟲始振，聲聲鳴叫，急急喚春來到。紛繁春聲不絕於耳，猛然驚醒桃花。桃之夭夭，灼灼其華，似有仙人之貌，又許是仙姿本就取自花顏；杏花開得正盛，朵朵明豔，美麗不可方物；梨花矇矓似醉，含苞靜候，欲放還羞。

---

[07]　「蟄」係入聲字，入仄聲。

踏莎行・驚蟄

　　株株花草珍貴如美玉，一心逐夢春風裡，盡顯絢爛芳華，亦盼春常駐，長久沉醉於春風的和煦。楊柳枝葉扶疏，依戀春風的美好，攜手相牽，輕盈搖曳，詠唱春天。

　　水潺潺，花正繁。清凌凌的流水映照繁花，繁花亦靜看流水，顧影自憐。水中流淌著無邊春色，春光融融，透出絲絲清冷，別有一番韻味。

　　細繩牽引的風箏，在碧空中悠閒飄揚，白雲悠悠，隨風舒卷，成一方妙境；又倒映入水，將遙不可及的距離變成咫尺。水中風箏與閒雲嬉戲暢遊，歡樂無限，可別驚擾了藍天之仙境。

二、詞牌與詞譜

　　唐代詩人陳羽有詩〈過櫟（ㄌㄧˋ）陽山溪〉曰：「眾草穿沙芳色齊，踏莎（ㄙㄨㄛ）行草過春溪。閒雲相引上山去，人到山頭雲卻低。」其中莎草，是多年生草本植物，多生長在潮溼地區或河邊沙地上，莖三稜形，葉條形，有光澤，花穗褐色。地下塊根黑褐色，叫香附子，可入藥。「踏莎行」，意指春天在野外踏青。[08]

　　相傳北宋寇準作詞兩首，定名為〈踏莎行・寒草煙光闊〉和〈踏莎行・春暮〉，使「踏莎行」成為詞牌名。「踏莎行」又名「柳長春」、「喜朝天」等。

---

[08] 參見 2016 年《現代漢語詞典（第七版）》（商務印書館）第 1255 頁，「莎草」詞條。

春韻：新生與萌動

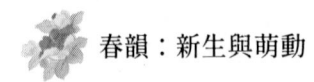

「踏莎行」，共三體。正體為雙調五十八字，前後段各五句三仄韻，以宋代晏殊〈踏莎行・細草愁煙〉為例：

細草愁煙，幽花怯露。憑闌總是銷魂處。
中仄平平，中平中仄。中平中仄平平仄。
日高深院靜無人，時時海燕雙飛去。
中平中仄仄平平，中平中仄平平仄。
帶緩羅衣，香殘蕙炷（ㄓㄨˋ）。天長不禁迢迢路。
中仄平平，中平中仄。中平中仄平平仄。
垂楊只解惹春風，何曾繫得行人住。
中平中仄仄平平，中平中仄平平仄。

宋代歐陽脩〈踏莎行・候館梅殘〉：

候館梅殘，溪橋柳細。草薰風暖搖征轡。
離愁漸遠漸無窮，迢迢不斷如春水。
寸寸柔腸，盈盈粉淚。樓高莫近危闌倚。
平蕪盡處是春山，行人更在春山外。

三、賞析

　　腳踏莎草而行、野外春遊是謂「踏莎行」。驚蟄之後春意漸深，草長鶯飛，適合踏青遊賞；且莎草在潮溼處叢生，與詞中

踏莎行・驚蟄

垂楊、流水和花影共譜春光，故用該詞牌。

本詞先寫驚蟄的物候，再從物候轉入想像之幻境與哲思，將春花、春風、春光、春水等融於虛實結合之境。

「**驚蟄鳴春**」，道出了「**驚蟄**」與「**春**」的多重關係。本是春雷驚醒了蟄伏的蟲類，春雷為因，蟲鳴為果；只一個「鳴」字便將互動關係扭轉，巧妙地營造了另一重意趣，彷彿蟲鳴為因，春應邀而至為果，表現出蟄伏蟲類的作用，是牠們的鳴叫將春天迎來了，可謂一鳴驚春。「**驚蟄**」又可作節氣解，驚蟄通常是數九寒天結束時，天氣漸暖，萬物復甦，農作開始，民謠有「九盡桃花開」、「耕牛遍地走」之語，故而對於農人來說驚蟄也許才是真正的春天到來。

「**桃仙驚醒。杏花綻放梨花酩**」，杏花、桃花、梨花次第綻放，故「[09]**杏花綻放**」時桃花剛剛「**驚醒**」，梨花還在沉睡，一個「**酩**」字便描繪出了梨花醉意矇矓、似醒非醒的情態。「**桃仙**」二字，有三重意涵：一則言桃花如仙人般的美麗姿態；二則引用典故，唐寅的〈桃花庵歌〉有「桃花塢裡桃花庵，桃花庵下桃花仙」之語，借桃花描繪隱士之灑脫風流似神仙的形象；三則使景象由實入虛，營造飄渺仙境之感。

「**琪花瑤草夢春風**」中的「**琪花瑤草**」與「**桃仙**」有異曲同工之妙，一則琪花瑤草可指名貴的花草，將春季繁花都視作美

---

[09] 杏花的花期通常為 2 至 3 月，持續近兩個月；桃花的花期一般為 3 月初，持續一個月；梨花的花期通常為 3 至 5 月。

春韻：新生與萌動

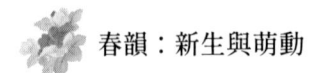

玉；二則用典，唐代詩人王轂（《ㄨˇ）有〈夢仙謠〉一詩，詩中云「前程漸覺風光好，琪花片片黏瑤草」；三則與「桃仙」呼應，是對仙境景象的描繪。

「垂楊牽手春風詠」中的「詠」與前句的「夢」，將琪花瑤草、楊柳與春風相互連繫，是草木與春風的雙向互動：春風為草木種善因——春風入琪花瑤草之夢，吹拂楊柳枝葉時如在歌詠；草木與春風結善緣——琪花瑤草在春風中追逐夢想、一展芳華，楊柳在春風輕拂下枝條相牽，亦情意綿綿把春風詠唱。

下闋以「水」為主體，連結大地景象與仙境景象。一重為大地上的流水與花的連結，「**流水觀花，花觀花影**」。此花既可為實景，爛漫繁花倒映在水中，兩者相伴、相視，兩相歡喜；也可為仙境之花，藍天仙境中的琪花瑤草也在探看流水，滿懷好奇。

二重為流水與春之訊息的連結，「**水流春色春光冷**」，擴大了流水映照的範圍。琪花瑤草、藍天閒雲、風箏等一一映照在流水中，成為水中流淌著的無盡春色，水中的春光在物理觸感上是「冷」的，均為倒影；訊息沒有溫度但訊息醞釀的春景之美有溫度，正是天上一個仙境，水中倒映一個仙境，兩相輝映，共美。

三重為大地（流水、花木等）、低空（風箏）、藍天境（藍

踏莎行・驚蟄

天、閒雲、仙境琪花瑤草等)的連結,「風箏水裡戲閒雲,莫驚雲裡藍天境」,呈現出低、中、高的層次感。原本低空的活動(放風箏)無法干擾藍天仙境,而「水」連結了所有景象,倒影可互相戲玩,此為萬物訊息相互傳輸、突破空間限制的寫照。「風箏」作為中間層次的物象,使人與自然、大地與天空產生關聯,充滿巧思。

舞動的風箏將一切約束打破,「莫驚雲裡藍天境」正是由「風箏」引起的,含有微微規勸之意,提醒人們地上風光已然絕美,應小心賞玩,珍惜與呵護大好春光,莫要恣意撒歡驚擾藍天仙境,並再次與上闋遍布琪花瑤草的仙境聯動。至此,驚蟄所鳴之春得以完整描繪,充滿無窮韻味。

四、節氣

「驚蟄」為農曆二月節氣,代表著進入仲春,於每年3月5至6日交節。《月令七十二候集解》云:「萬物出乎震,震為雷,故曰驚蟄,是蟄蟲驚而出走矣。」「春雷響,萬物長」,驚蟄時節正好是「九九」豔陽天,氣溫回升,雨水逐漸增多,預示著萬物開始繁茂生長。

驚蟄節氣在農忙上有著相當重要的意義,中國大部分地區於驚蟄開始春耕春種,有農諺「過了驚蟄節,春耕不能歇」。

華北地區,土壤仍凍融交替,冬小麥開始返青,及時耙地

春韻：新生與萌動

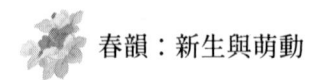

是減少水分蒸發的重要措施；華東地區，小麥已經拔節，油菜也開始見花，應適時追肥，乾旱少雨的地方應適當澆水灌溉避免春旱；華南地區，早稻播種應抓緊進行，同時要做好秧田防寒工作。

桃花是驚蟄時節十分常見的代表性景象，為驚蟄一候。杏花、梨花和桃花雖然花期不盡相同，但有重合之時，齊放的場景亦很常見。桃、梨等果樹要在驚蟄期間施好花前肥，促進生長。

【桃】

薔薇目薔薇科桃屬落葉喬木，樹高4～5公尺，主要分果桃和花桃兩大類。樹幹灰褐色，粗糙有孔；枝條紅褐色或褐綠色，平滑；葉橢圓狀披針形；花通常單生，先於葉開放，有白、粉紅、紅等色，變種有深紅、緋紅、純白及紅白混色等花色變化以及複瓣、半重瓣和重瓣種，花期一般為3月初，持續一個

月；萼片5枚；核果（桃子）近圓形，黃綠色，表面密被短茸毛，因品種不同，果熟期為6至9月。桃是中國傳統的園林花木，為早春重要的觀花樹種之一。

【杏】

薔薇目薔薇科李亞科杏屬落葉喬木。花單生，先於葉開放，花瓣白色或稍帶紅暈，通常2至3月開花，花期持續近兩個月。樹齡長，可活100年以上。杏是春季主要的觀賞樹種，原產中國，分布很廣，可植於庭前、牆隅、道路旁、水邊，也可群植、片植於山坡、水畔。西元前數百年問世的《管子》中就有關於杏的記載，因此，杏在中國至少已有兩三千年的栽培歷史，是古老的花木。

春韻：新生與萌動

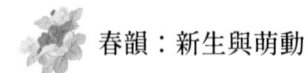

【梨】

薔薇目薔薇科蘋果亞科梨屬落葉喬木。葉圓如大葉楊，幹有粗皮外護，枝撐如傘；通常 3 至 5 月開花，花先於葉開放或同時開放；萼片 5 枚；花瓣 5 瓣，花色多為潔白，也有稀粉紅色，具有淡淡的香味。梨除可供生食外，還可釀酒，制梨膏、梨脯，以及藥用。梨原產中國，在中國約有兩千餘年的栽培歷史，種類及品種均較多，栽培遍及全中國。

點絳唇・春分

日月爭春，春分日月春分關。桃花漫燁，掩杏花殘缺。

紅粉櫻傷，白海棠歡悅。

銀杏咽，悄生新葉，暗挽花兒歇。

〔元〕錢選〈海棠雙雀圖〉（區域性）

一、詠唱

春季已過一半，多姿的春色令日月也沉醉其間，日月均爭搶著春光裡的明媚。幸得晝夜平分，日月沐春時間均等，各

春韻：新生與萌動

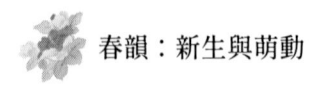

擁一半春。百花紛繁，秀美綺麗，春天前後段俱想擁有更多春色，春色平分兩闋，上下春闋各得其美，匯成一首美妙的春曲。

一朵朵桃花綴成粉紅與雪白相間的花潮，明媚燦爛，光華閃爍，漫上枝頭，更向近旁的杏花蔓延。粉白相間的杏花，淡去早春的光輝璀璨，緩緩凋落花瓣幾片，殘缺中亦留有盛時風華。桃花憐惜，溫柔掩藏，補缺著杏花的凋零春姿，相映成趣。

紅紅粉粉的櫻花，見證春日的紛繁花事，體會過盛開的炫目多彩，感受過凋殘的落英繽紛，帶著對春闋變換的惆悵，與對未來的不安，淡淡盛開，緩緩飄落。白海棠著急將歡悅帶給春日，躍上枝頭，初展花蕊，欣喜起舞，不解春傷。

銀杏見花繁而心慕，略帶羞澀；見花殘而心傷，嘆咽幾聲。它悄悄捧出片片嫩葉，怕驚擾了花兒，也想默默添束新綠於這美不勝收的春色中，想牽挽花兒慢些開，駐足留歇，盼春常在。

二、詞牌與詞譜

「點絳唇」，詞牌名，又名「十八香」等。絳唇：朱唇、紅唇。西漢揚雄〈蜀都賦〉有：「眺朱顏，離絳唇，眇眇（ㄇㄧㄠˇ，遠望）之態，呲嘹（ㄅㄧˇ ㄉㄢ，歌聲抑揚頓挫）出焉。」南朝江淹〈詠美人春遊詩〉有「白雪凝瓊貌，明珠點絳唇」。

點絳唇・春分

「點絳唇」，共三體。正體為雙調四十一字。前段四句三仄韻，後段五句四仄韻，以五代馮延巳〈點絳唇・蔭綠圍紅〉為例：

蔭綠圍紅，夢瓊家在桃源住。

中仄平平，中平中仄平平仄。

畫橋當路，臨水開朱戶。

中平中仄，中仄平平仄。

柳徑春深，行到關情處。

中仄中平，中仄平平仄。

顰不語，意憑風絮，吹向郎邊去。

中中仄，中平中仄，中仄平平仄。

宋代李清照〈點絳唇・蹴罷鞦韆〉：

蹴罷鞦韆，起來慵整纖纖手。露濃花瘦，薄汗輕衣透。

見客入來，襪剗金釵溜。和羞走，倚門回首，卻把青梅嗅。

三、賞析

嬌豔美人，巧笑倩兮，美目盼兮，素齒朱唇，謂之「點絳唇」。春分時節花朵次第開放，春景宜人，春色各異，整個春天如美人之唇，絢麗奪目，故用該詞牌。

春韻：新生與萌動

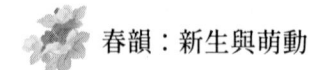

「日月爭春，春分日月春分闋」，春分之日在古時既稱「日中」，又稱「日夜分」，此時晝夜平分，陰陽平衡，天地生輝，人與自然和諧共生。這樣美好的春色，引得日月也爭搶。一個「爭」字，更突顯了春日的爛漫與美好，春分時的盛景正是「日月爭春」的結果。詞中巧妙運用「分」字，暗喻了一分晝夜，二分春時，三分春色的內涵。「闋」乃樂曲、歌一首或詞一段，春分將春色劃分成春闋中的上、下兩闋，上闋承載春前段，春姿初展，花兒鮮豔多彩，至春分時略顯殘缺、略帶愁傷；下闋承載春後段，花朵競相開放，爛漫明媚，自春時正盛走向晚春。以一個「闋」字，引出後面的桃漫杏殘、櫻傷棠歡，展現如歌曲般跌宕起伏的春色變化。

「桃花漫燁，掩杏花殘缺」，春日過半，桃花正值花期，紛繁的花朵俏麗嫵媚；而杏花開的時間相對較早，此時開始凋落，花瓣飄下，身姿殘缺。其中，「漫燁」彰顯桃花爛漫開放之光彩，漫山遍野的芳華灼灼，有蔓延之勢，能掩蓋杏殘。「掩」，一方面是物理上的遮蓋，杏與桃常比鄰而生，桃花正盛可掩映杏花；另一方面是滿含柔情的掩藏，灼灼桃花看見了杏花的初衰，不忍杏花離去，於是溫柔地掩蓋杏花的殘缺，繼續將春日延續，將春色填滿。「殘缺」，顯示杏花雖然在凋落，但枝上仍有粉嫩花朵，亦有其美。同時，桃花與杏花的不同狀態呼應了上闋中的「春分闋」之景。

「紅粉櫻傷」展現了櫻花與桃、杏不同的生長習性，櫻花的

點絳唇・春分

花期較長，能夠經歷春天上、下兩闋，見證春花的枯榮興衰，體會花間百態，如中國紅櫻。「櫻傷」暗含兩意：一是見杏花殘缺，不免心傷；二是雖見桃花漫燁，但知桃花花期短暫，面對春色的景象心有隱憂。

「白海棠歡悅」，春夏之交，白海棠花開放得潔白動人，迎風俏立，楚楚有致，只因不見未來，不知惆悵，所以可以肆無忌憚地歡悅盛放、迎接春天。同時，與上句「櫻傷」相對，一傷、一歡悅，亦展現「春分」之意。

「銀杏咽，悄生新葉」，「咽」有兩因：一是見杏殘、望桃漫，看見繁華下的殘花落，銀杏不免心傷而咽；二是悲傷不能出聲，如鯁在喉，無語凝噎，憐花之情、惜春之情深重，怕驚擾花兒，只是悄悄生出嫩葉，也承接下句「暗挽花兒歇」。「挽」明指不捨春花，暗喻不捨春意，希望花兒駐足留歇、伴春常在，時光緩慢流淌。

四、節氣

春分，於每年國曆 3 月 19 至 22 日交節。

分者，半也，這一天為春季的一半，故稱「春分」。春分這一天，太陽的位置在赤道的正上方，晝夜持續時間幾乎相等，各為 12 小時。春分過後，太陽的位置逐漸北移，開始晝長夜短。《春秋繁露・陰陽出入上下篇》說：「春分者，陰陽相半也，

春韻：新生與萌動

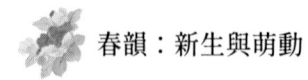

故晝夜均而寒暑平。」另有《明史・歷一》說：「分者，黃赤相交之點，太陽行至此，乃晝夜平分。」

春分時節，中國大部分地區進入了明媚的春天，除了全年皆冬的高寒山區和北緯 45°以北的地區外，中國各地日平均氣溫均穩定升達 10℃。遼闊的大地上草長鶯飛、小麥拔節，華南地區更是一派暮春之景。

二月春分，人們開始掃墓祭祖，也叫「春祭」。掃墓前要先在祠堂舉行隆重的祭祖儀式，殺豬、宰羊，請鼓手吹奏，由禮生念祭文，帶引著行三獻禮。

春分也是農耕的大忙時節，此時陽光明媚，越冬作物進入春季生長階段。中國南方大部分地區雨水充沛，這有利於水稻等作物播種。

【櫻花】

薔薇科，落葉喬木。葉卵狀披針形，有鋸齒，齒尖有腺體，葉柄有 2～4 個腺體。春季開花，花白色或紅色，傘房狀

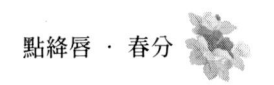

或總狀花序。萼筒呈鐘形。

　　果實卵形或球形，黑色。其中，「中國紅櫻」是從福建山櫻花中馴化篩選出來的優良耐熱品種。可在華東、華南、西南地區栽培，供觀賞用。

【白海棠】

　　「海棠」是薔薇科蘋果屬多種植物和木瓜屬幾種植物的通稱與俗稱，為中國著名觀賞樹種，各地習見栽培。園藝變種有白色重瓣者。海棠類多為用於城市綠化、美化的觀賞花木（其中不乏果實有很高食用價值的品種）。其中，許多是著名的觀賞植物，如西府海棠、垂絲海棠、貼梗海棠和木瓜海棠，習稱「海棠四品」，是重要的溫帶觀花樹木。

春韻：新生與萌動

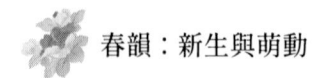

憶江南・清明

清明雨，洗盡世間塵。

艾草青青煙裊裊，梨花相伴好遊春。楊柳步頻頻。

〔北宋〕張擇端〈清明上河圖〉（區域性）

一、詠唱

潔淨雨絲，淅淅瀝瀝，絲絲滑落世間，洗盡天地間塵埃，留天地一片清明；洗盡心中塵埃，還心靈透明澄澈。

雨洗過的艾草，青翠欲滴，鬱鬱蔥蔥，乾淨而純粹。氣清景明，陰陽相通，裊裊青煙化作心中的天橋，寄託滿懷思念。

梨花帶雨，一襲白衣悠悠，晶瑩純淨，相伴遊春，悠哉美哉。

憶江南・清明

伴著陣陣微風，楊柳起舞，一搖一擺，一顰一步，熱情款款，相迎於清麗春色，相伴於踏青之路，相送於清幽深處。

二、詞牌與詞譜

「憶江南」，詞牌名，又名「夢江南」、「江南好」、「望江梅」等，原唐教坊曲名。段安節《樂府雜錄》載：「〈望江南〉始自朱崖李太尉（德裕）鎮浙日，為亡妓謝秋娘所撰，本名〈謝秋娘〉，後改此名。」這裡所指的江南主要是長江下游的江浙一帶。「憶江南」在被後世欣賞和接受的過程中詞調十分流行，發展並產生了多種多樣的變化。崔懷寶〈憶江南〉詞云：「平生願，願作樂中箏。得近玉人纖手子，砑（一ㄚˋ）羅裙上放嬌聲。便死也為榮。」

「憶江南」，共三體。正體為單調二十七字，五句三平韻，如唐代溫庭筠的〈望江南・梳洗罷〉：

梳洗罷，獨倚望江樓。

平中仄，中仄仄平平。

過盡千帆皆不是，斜暉脈脈水悠悠。

中仄中平平仄仄，中平平仄仄平平。

腸斷白蘋洲。

平仄仄平平。

春韻：新生與萌動

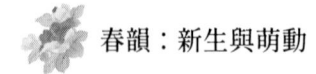

唐代白居易〈憶江南·江南好〉：

江南好，風景舊曾諳。
日出江花紅勝火，春來江水綠如藍。
能不憶江南？

三、賞析

念如畫江南，水氣氤氳，憶美好往昔謂之「憶江南」。清明雨後風光秀麗，氣清景明，宛若江南，令人魂牽夢縈，故用該詞牌。

「清明雨」，一場明淨春雨洗滌天地萬物，萬物更加清淨與明朗，花香更濃，草長鶯飛，搖曳生姿。「清明」二字描繪出雨之潔淨透明的本質。

「洗盡世間塵」，洗去「灰」與「塵」，才能顯出「清」與「明」。「塵」，既是物理實體的灰塵，也是人心中的「塵埃」。當身心之塵埃都被雨水沖落時，心中變得乾淨而純潔，人與人之間的溝通變得真誠與順暢，更能直達靈魂深處、牽念天人訊息。

「艾草青青煙裊裊」，清明時節，艾草一片青綠，葉片上還帶著雨滴，散發出陣陣香氣。艾草既能入藥驅蟲，也能驅邪避凶、迎福，象徵著人們希冀遠離世間的邪惡不正，留下一片「清氣」，也是取艾草之「青」，以合「清明」之「清」。清明有採

憶江南・清明

摘新鮮艾葉、製作青團或清明粿的習俗。「煙裊裊」有兩意：一是蒸煮青團、清明粿的煙氣，這煙氣透著香甜，更透著思念，裊裊上升；二是指祭祖掃墓時的燃香之煙，承載著對天地的敬畏與對先人的追思，是通訊之「媒介」，天清地明之時，無塵埃喧囂，心中坦蕩明淨，陰陽更易相通，達至心與心真正的親密無間。人在歸塵之後，清輝幽幽，默默不能言，與裊裊煙氣亦形成一靜一動的反差。

「梨花相伴好遊春」，梨花潔白淡雅，嬌柔美妙，令人傾心嚮往。「今年石湖好清明，數樹梨花香雪晴」（元代龔璛（ㄙㄨㄟˋ）〈春日寄懷書樓〉），梨花之純淨美麗可增添天地間的「清明」韻味，亦更添春之美，「滿樹梨花香雪灑。春無價。陌頭盡是尋春者」（明代夏言〈漁家傲〉），梨花是春的精靈，自古皆然。帶雨梨花相伴，引人飽覽春色爛漫，細細品賞春韻，正是遊春踏青的一大樂事。

「楊柳步頻頻」，楊柳隨風搖動，柔軟如絲，枝葉婆娑，搖曳多姿，像極輕步頻頻。「步頻頻」一則展現楊柳自身之歡欣；二則意蘊楊柳與春色的互動，是自然之間和諧景象的寫照；三則蘊含與遊春之人互動之意，楊柳含情，故而雅步頻搖，迎來、相伴與送往，楊柳亦寓意對鄉土親人的戀戀不捨、情思纏綿，要一路相隨，展現情與景交融、人與祖先以及人與自然的相依。艾草之香傳「清」氣，梨花之白送「清」雅，楊柳之絲絲垂條寄情思，將清明之景結束於此，餘味無窮。

春韻：新生與萌動

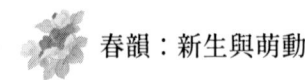

四、節氣

清明，於每年國曆 4 月 5 日前後交節。

清明節氣，中國大部分地區的日均氣溫已升到 12℃。此時，氣溫轉暖，春和景明，萬物吐故納新，天氣清澈明朗。更有花明樹舞，送迎遊春，也是人們親近自然、踏青遊春的好時節。

清明既是節氣，又是中國重要的傳統節日。清明節從寒食節演變而來，大約始於周代，距今已有兩千五百多年。節氣與節日的區別在於，前者單純反映氣候變化和時節的順序，後者包含一定的風俗活動和紀念意義。清明作為節日，祭祖、掃墓是主要活動之一，因此它又被稱為「掃墓節」、「祭祖節」、「掃墳節」、「冥節」。

對於農業生產而言，清明是一個重要的節氣。「清明時節，麥長三節」，黃淮地區以南的小麥即將孕穗，油菜花已經盛開，東北地區和西北地區小麥也進入拔節期。北方的旱作、南方早中稻進入大批播種的適宜季節，要抓緊時機搶晴早播。「梨花風起正清明」，這時多種果樹也進入花期，要注意做好人工輔助授粉，提高結果率。

【艾草】

多年生草本，揉之有濃烈香氣。每年3至4月，由根莖生長出的幼苗高15～20公分。

花果期7至10月。4月下旬採收第一次，每年收穫4～5次。

葉羽狀分裂，背面為白色絲狀毛。秋季開花，頭狀花序小而多，排成狹長的總狀花叢。中國各地普遍野生。莖、葉含芳香油，可做調香原料，亦可用來殺蟲和防治植物病害。葉入藥，性溫、味辛苦，具有散寒止痛、溫經止血的功能。葉加工如絨，稱「艾絨」，為灸法治病的燃料。

春韻：新生與萌動

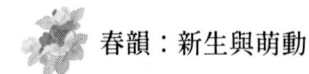

醉太平・穀雨

風吹樹翩，風親草歡。

風邀穀雨綿綿，潤秧苗萬千。

山紅杜鵑，庭紅牡丹。

薔薇月季爭妍，御神歸甫田。

〔近代〕于非闇（ㄋˋ）〈杜鵑〉

一、詠唱

　　暖風習習，照拂萬物。高挺的樹木亦翩躚而舞，木葉翻飛，柔枝擺盪，越發曼妙。東風時而悠悠，輕拂草尖，似落下輕輕一吻，撩動青草心弦，纖草頓生無邊歡喜。

醉太平・穀雨

　　東風又時而浩蕩,迅疾刮過山間,約請綿綿穀雨,奔赴田野山川。一滴又一滴,萬千秧苗酣飲風雨的餽贈,夙願得償,變得潤澤起來,煥發勃勃生機。

　　山野間,杜鵑花一點一點變紅,漫山遍野恣意生長,色渥如丹,燦若明霞。庭院中,牡丹花亦一分一分逐漸染紅,雍容華貴,儀態萬千,驚豔了整個庭院。杜鵑會否豔羨牡丹的富麗華貴,抑或牡丹嚮往杜鵑的自由奔放?

　　薔薇和月季朵朵明麗動人,白如雪,紅似火,粉嫩勝佳人,皆不願辜負天生麗質,只欲盡情綻放,爭奇鬥豔,才不枉花花世界走一回。

　　草木秀美、百花爭妍自是賞心悅目,無邊春光當屬田野為最。萬千秧苗茁壯成長,風光無限。穀雨既護花木更佑百姓,恭迎農神回歸廣袤的農田,許百姓豐衣足食、安居樂業。

二、詞牌與詞譜

　　「醉太平」又名「凌波曲」,亦稱「醉思凡」(取自孫唯信詞)、「四字令」(取自周密詞)。

　　「醉太平」,共三體。正體為雙調三十八字,前後段各四句四平韻,以宋代劉過〈醉太平・情高意真〉為例:

　　情高意真,眉長鬢青。小樓明月調箏,寫春風數聲。
　　平平仄平,平平仄平。中平中仄平平,仄平平仄平。

春韻：新生與萌動

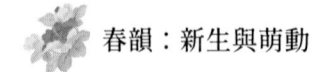

思君憶君，魂牽夢縈。翠綃香暖雲屏，更那堪酒醒！

中平仄平，中平仄平。中平中仄平平，仄中平仄平！

清代周壽昌〈醉太平〉：

波寒似冰，燈殘似螢。江村野柝（ㄊㄨㄛˋ）無憑，是三更四更。

推衾夢醒，敲篷雨零。瀟瀟滴到天明，更風聲浪聲。

三、賞析

穀雨時節有「雨生百穀」之象，百姓豐衣足食，沉醉於太平盛世，故用詞牌「醉太平」。

上闋描寫「風」與草木、雨水、秧苗之間千絲萬縷的關係，引出「秧苗」，為太平豐收年作鋪陳。

「風吹樹翩，風親草歡」，「吹」和「親」展現出「風」和「樹翩」、「草歡」的互動關係。一則輕輕吹拂、輕輕一吻俱是風對草木的情意，感受到溫情的樹木枝葉起舞、綠草歡呼雀躍、內心歡喜；二則風是起因，是動力，也是先兆，這風是萬物生長之風，蘊含著自然規律。

「風邀穀雨綿綿」，續寫自然規律，水蒸氣上升、凝結成為雨，正是春風化雨，前者（風）間接照拂萬物，後者（雨）直接滋潤萬物；展現風的使命感與對秧苗、對百姓的深厚情誼，風的存在是為了邀來綿綿穀雨「潤秧苗萬千」，暖風隻身趕赴穀雨

醉太平・穀雨

節氣仍不夠，還要殷切「邀」來雨，才是真正的穀雨盛景。

雨水增多，正是「秧苗」（水稻的幼苗）初插、作物播種的好時節。「[10]樹翩」、「草歡」作襯托，風起邀穀雨為前提，秧苗潤澤才是穀雨時節最濃墨重彩的一筆。上闋結句「潤秧苗萬千」，將自然景色與人文景觀交疊，為下闋定調，百花爭妍、農田一衍生機的景象，秧苗苴壯、甫田畦畦正是安寧盛世，令萬物沉醉。

下闋首句「山紅杜鵑，庭紅牡丹」亦是自然與人文氣息交融的景象。「山」與「庭」工對，「山」為山野，是自由的天地，充滿自然之趣；「庭」為專門遍植花草的院落園林，是精緻典雅的場所，充溢著富貴氣息。兩者在空間上形成對比，在人們慣常的等級觀念上形成強烈反差。「杜鵑」與「牡丹」亦工對，兩者生長環境不同，豔麗美態相得益彰。

兩個「紅」字描繪出杜鵑和牡丹從花骨朵逐漸綻放出紅豔花瓣的動態過程，滋養杜鵑的是山中沃土和風雨，養護牡丹的是庭中養花人，同樣的染紅過程背後蘊含著不同的境遇。「紅」亦是杜鵑與牡丹之美的寫照，杜鵑紅得嬌豔熱烈、「鮮紅滴滴映霞明」（宋代楊巽齋〈杜鵑花〉），「杜鵑躑（ㄓˊ）躅（ㄓㄨˊ）正開時，自是山家一段奇」（宋代李時可〈杜鵑花〉），「醉態輕盈

---

[10] 南方早稻一般在 3 月下旬至 4 月上旬播種，4 月下旬至 5 月上旬插秧。若為地膜保溫溼潤育秧，則以日平均氣溫穩定保持在 10°C 時播種為宜；若為露地溼潤育秧，則以日平均氣溫穩定保持在 12°C 時播種為宜。中稻一般在 4 月初至 5 月底播種，5 月下旬以後插秧，具體時間根據品種生育期調整。一季晚稻一般在 5 月下旬播種，6 月中旬至 7 月上旬插秧；二季晚稻一般在 6 月中下旬播種，7 月下旬插秧。水稻秧苗的移栽有多種方法，如插秧（又叫「插田」）、拋秧、點播等。

春韻：新生與萌動

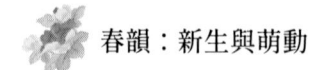

浥露斜，映山紅火幕難遮」（明代劉祖滿〈杜鵑花〉），美不勝收；牡丹則紅得雍容大氣、華貴端方，「唯有牡丹真國色，花開時節動京城」（唐代劉禹錫〈賞牡丹〉）。山野奇麗與國色天香，均是風光無限，打破了人們慣常的華庭為貴、山野為賤的等級觀念。

「杜鵑」，亦花亦鳥，杜鵑鳥又名「布穀鳥」，此處點題，並且與穀雨之意相合。「布穀聲中雨滿籬，催耕不獨野人知」（北宋蔡襄〈稼村詩帖〉），「布穀飛飛勸早耕，春鋤撲撲趁春晴」（清代姚鼐〈山行〉），杜鵑鳥的啼聲是催耕的訊號，與上闋末句「[11]**潤秧苗萬千**」相呼應，也為下闋末句「**御神歸甫田**」作鋪陳。

「薔薇月季爭妍」，四月中下旬，薔薇和月季競相開放，兩者爭妍。人們盛讚月季為花中皇后，歌頌「月季只應天上物，四時榮謝色常同」（北宋張耒〈月季〉）、「此花無日不春風」（南宋楊萬里〈臘前月季〉）；人們卻只說薔薇是援牆而長、結籬綴屏的常見之物，「娟娟籬頭花，白白間綠葉」（南宋周文璞〈野薔薇〉），薔薇在人們眼中本不出眾，勝在充滿野趣。但本詞中的薔薇自信綻放，敢與月季爭妍，恰恰展現了萬物平等、各有其美的狀態，是對貴賤等級觀念的再次批判。

下闋前三句，山間杜鵑在華庭牡丹前，農園薔薇也在庭園

---

[11] 杜鵑鳥，也叫「杜宇」、「布穀」或「子規」，身體黑灰色，尾巴有白色斑點，腹部有黑色橫紋。鳥幼時的喙為紅色。初夏時常晝夜不停地叫。

月季前，此先後順序寓有深意：一則「山」恰與上闋之「谷」在場所上緊密銜接，更貼近自然，牡丹和月季常在庭院栽種，更遠離自然環境；二則杜鵑與農事關聯更密切，薔薇與農家生活更貼近，逐漸將本詞的視野移至農田，突顯穀物之美勝於華庭景緻，世間最「貴」者當為糧食，從而引出末句**「御神歸甫田」**。萬物生長之風雨，使天地充滿繽紛色彩、盎然生機，杜鵑、牡丹、薔薇、月季雖美，但是為迎神作鋪陳，也是陪襯其間最美的秧苗。

「御」通「迓（一ㄚˋ）」，意為迎接；「甫田」即大田，指廣袤而肥沃的田地。**「御神歸甫田」**一句繼承了《詩經‧小雅‧甫田》勸人們勤耕耘的宗旨，提醒人們不忘教百姓種植五穀、豢養家畜的神農氏，要趁著大好氣候將農神迎到田裡，辛勤耕耘以獲豐收；並再次與上闋的**「風邀穀雨綿綿，潤秧苗萬千」**聯動，風雨的使命得以完成，希冀秧苗得到潤澤，織就一個豐收年。全篇至此迴環往復，期盼之意溢於紙間。

四、節氣

穀雨是春季的最後一個節氣，通常於國曆4月19至21日交節，此時已是暮春。漢代《通緯‧孝經援神契》云：「……穀雨，三月中，言雨生百穀清淨明潔也。」明代王象晉《群芳譜》云：「穀雨，穀得雨而生也。」這些記載既說明了春雨對於農業

春韻：新生與萌動

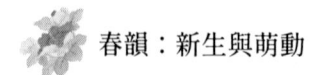

的重要，又說明了穀雨節氣名稱的由來。[12]

穀雨時節天氣較暖，降雨量增加，有利於春季作物播種生長，農事也逐漸進入繁忙階段。北方地區，桃花、杏花等開放，楊絮、柳絮四處飛揚；南方地區，柳絮飛落，杜鵑夜啼，牡丹吐蕊，櫻桃紅熟。

穀雨的代表性花朵為牡丹，牡丹被稱為「穀雨花」。中國民間有「穀雨過三天，園裡看牡丹」的說法，由此可以看出，穀雨是牡丹開放的重要時段。

穀雨和「杜鵑」也有著不解之緣，一則「杜鵑啼血」的典故有多種說法，其中一種說法為蜀國一位皇帝杜宇熱愛百姓，死後化為一隻杜鵑鳥，每年春季便飛來喚醒百姓「快快布穀！快快布穀！」，嘴巴啼得流血，滴滴鮮血灑在大地上，染紅了漫山的杜鵑花；二則穀雨二候為「鳴鳩拂其羽」，「鳩，即鷹所化者布穀也」，依照人們的經驗來看，該「鳴鳩」亦應為杜鵑鳥。

穀雨時節的一大習俗為飲茶，穀雨茶也就是雨前茶，是穀雨時節採製的春茶，與明前茶同為一年之中的佳品。

---

[12] 巍然。正好清明連穀雨 [J]。月讀，2020（4）：86-89。

醉太平 · 穀雨

【牡丹】

　　雙子葉植物綱、原始花被亞綱、毛茛（ㄍㄣˋ）目毛茛科、芍藥屬多年生落葉灌木。其莖高達 2 公尺，分枝短而粗；葉通常為二回三出複葉；花單生枝頂，牡丹花大而香，品種繁多，色澤亦多，以黃色、綠色、肉紅色、深紅色、銀紅色為上品，尤其黃色、綠色為貴，有「國色天香」之稱。牡丹是中國特有的木本名貴花卉，素有「花中之王」的美譽。一般在春夏之交（4 至 5 月）開花，一年只開一次花，開花時間通常在清晨（7 點左右），花期大多為 10 天左右。江南地區會提前 5～7 天開花，東北地區會推遲 3～5 天開花。寒牡丹、寒櫻獅子、互川寒、時雨雲等少數品種的開花次數、時間例外。

春韻：新生與萌動

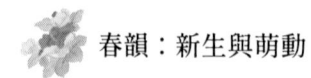

【稻】

　　單子葉植物綱、鴨蹠（ㄓˊ）草亞綱、禾本目、禾本科、稻屬穀類作物。稻按植物學分為秈稻和粳稻，按生育期長短分為早稻、中稻、晚稻等，按澱粉含量分為糯稻和非糯稻，按留種方式分為常規水稻和雜交水稻，按栽培方式分為水稻和陸稻。水稻原產於中國和印度，早在七千年前中國長江流域的先民就曾種植水稻。

　　秧苗是水稻的幼苗，移栽到新開墾的水田中則被稱為「禾苗」。水稻所結籽實即稻穀，稻穀脫去穎殼後稱「糙米」，糙米碾去米糠層即可得到稻米。世界上近一半人口以稻米為主食。水稻除可食用外，還可以釀酒、製糖及用作工業原料，稻殼和稻稈可以作為牲畜飼料。中國水稻主產區為長江流域、珠江流域和東北地區。

【杜鵑】

雙子葉植物綱、杜鵑花目、杜鵑花科、杜鵑花屬落葉灌木。又稱「山躑躅」、「山石榴」、「映山紅」。杜鵑花種類繁多，花色絢麗，以紅色為最多，花、葉兼美，地栽、盆栽皆宜，是中國十大傳統名花之一。春鵑的開花時間一般為4月下旬，花期大約20天；夏鵑的開花時間一般為5月中旬，至6月花謝。重慶西南，酉（ㄧㄡˇ）陽、秀山等地，盛產杜鵑花，大都叫映山紅。

【薔薇】

雙子葉植物綱、原始花被亞綱、薔薇目、薔薇科、薔薇屬攀緣灌木。花多朵，排成圓錐狀花序，花梗長1.5～2.5公

春韻：新生與萌動

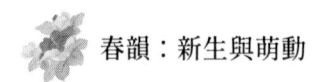

分，花直徑 1.5～2.0 公分，萼片披針形。薔薇的種類、變種很多，各地名稱也不一致，人們通常所說的薔薇，只是這類花的通稱。花色有乳白、鵝黃、金黃、粉紅、大紅、紫黑多種；花朵有大有小，有重瓣、單瓣，但都簇生於梢頭。過去為初夏（5 至 9 月）開花，花期可達半年，但隨著全球氣候變暖，一些薔薇能提早至 4 月甚至 3 月便開花。

【月季】

薔薇科、薔薇屬常綠、半常綠低矮灌木，四季開花。又名「月月紅」、「長春花」，一般為紅色或粉色，偶有白色和黃色。花為大型，由內向外，呈發散型，有濃郁香氣。一般在 5 至 11 月均可開花，南方地區通常在 3 至 10 月開放，北方地區通常在 6 至 10 月開放。中國是月季的原產地之一，月季是萊州、淮安、邯鄲、南陽等城市的市花。

夏之情：
繁茂與熱烈

夏之情：繁茂與熱烈

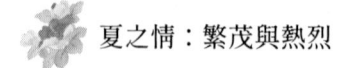

太常引・立夏

薔薇含笑品槐香。立夏沐春光。

青麥灌漿忙。稻田綠，悠悠幼秧。

蜻蜓點水，蝶兒舞夢，草木競芬芳。

萬物順陰陽。東南指，天文地章。

〔南宋〕馬麟〈寫生蝴蝶花卉圖卷〉（區域性）

一、詠唱

薔薇與含笑花自春天開始吐蕊，於初夏仍在綻放。薔薇笑靨明麗；含笑繾綣含蓄，花開而不放，似笑而不語。兩者都在細細品味槐花的裊裊清香。槐花盛期將盡，傾心抓住此刻繁盛，不願離去。春夏之交，春光尚在，花朵既嚮往夏日，也留

戀春色,眼中似留有曼妙春景,心存芬芳,仍沐浴旖旎春光。

麥苗青翠蓬勃,忙著積蓄能量進入灌漿期,籽粒漸成形,迫切渴望成熟;稻田綠生生,田中秧苗稚嫩,閒適自在,悠然成長。

池水溫熱,蜻蜓在水面輕盈飛舞,點出漣漪圈圈,播撒生命點點。蝴蝶斑斕,敏捷輕巧,振翅而飛,翩翩而舞如夢似幻。花草樹木皆舒展開來,順時生長,不甘落後地迸發光彩,芳菲之幻美令蝶兒沉浸其中。

暖暖初夏,孕育與發展、成熟與衰退並存,萬物生長都遵從自然之法。北斗七星之柄向東南一指,天象變化,地上亦規律執行,天地間和諧聯動,共譜新篇章。

二、詞牌與詞譜

「太常」是官名,秦置奉常,西漢景帝改為太常,職掌宗廟禮儀及選試博士,為九卿之一。歷代沿置,為司祭祀禮樂之官,清末廢。「引」是古代樂曲體裁之一。

「太常引」有「導引之曲」的意思,據《填詞名解》載:「〈太常引〉,漢周澤為太常,堅持齋戒,其妻窺內問之,澤大怒,以為干擾其齋戒,收送監獄。故有『居世不諧,為太常妻』之諺。後人取其事以名詞。或曰:太常,導引之曲也。」

「太常引」,一名「太清引」;因韓淲(ㄅㄧㄠ)詞有「小春時

夏之情：繁茂與熱烈

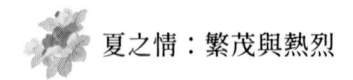

候臘前梅」句，又名「臘前梅」。

「太常引」，共兩體，正體為雙調四十九字，前段四句四平韻，後段五句三平韻，以宋代辛棄疾〈太常引・建康中秋夜為呂叔潛賦〉為例：

一輪秋影轉金波，飛鏡又重磨。把酒問姮娥：被白髮，欺人奈何？

中平中仄仄平平，中仄仄平平。中仄仄平平：仄中仄，平平仄平？

乘風好去，長空萬里，直下看山河。

中平中仄，中平中仄，中仄仄平平。

斫（ㄓㄨㄛˊ）去桂婆娑，人道是，清光更多。

中仄仄平平，中中仄，平平仄平。

元代劉燕哥〈太常引・餞齊參議回山東〉：

故人別我出陽關，無計鎖雕鞍。今古別離難，兀誰畫蛾眉遠山。

一尊別酒，一聲杜宇，寂寞又春殘。明月小樓間，第一夜相思淚彈。

三、賞析

　　導引之曲謂之「太常引」,「立夏」是夏季的首個節氣,正是夏季的序曲,本詞末句的「天文地章」亦與古代樂曲體裁「引」相契合,故用該詞牌。

　　本詞上闋描繪了立夏時節具有代表性的花信和青麥灌漿、秧苗綠之景,展現成長的魅力。

　　「薔薇含笑品槐香」,句中「含笑」一則指面含笑意,表達薔薇花置身槐花香氣中的優美愉悅之態,亦可突顯槐花的芬芳迷人,花容與花香兩相互動形成一幅靈動立體的美好景象;二則指含笑花,含笑花的生長高度較薔薇高,較槐花低,本句將三種植物由低向高有序呈現,含有逐步生長壯大之感,也是一種對美好未來的嚮往。

　　「立夏沐春光」,薔薇、含笑、槐樹等植物林立於夏天,與後面的另一個動作「沐」聯動,透過兩個本屬不同時段的動作(立夏和沐春光)在同一時空下的共存,引出一個瞬間交界的狀態,極具動態地呈現出一幅春夏交錯時的景象,三種植物在物理上已入夏,而心仍在感受春意,接收春天的訊息:薔薇和含笑皆自暮春時節開放,沐浴著春光而來,將燦爛花容延續到夏季;槐花則在4至5月開放,僅開放10至15天,花期短,立夏時節正是其盛期,它愈知自己盛期將盡,愈是不願離去,希望長沐春光。本句將花期長短不同、對立夏希冀不同的兩者

夏之情：繁茂與熱烈

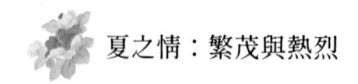

繪於同一景中，折射出對美好未來的憧憬以及對當下和過去的感念。

薔薇、含笑和槐花都似於立夏時節沐浴春光，而麥苗、秧苗頗為享受夏日，風景獨好，正是「**青麥灌漿忙。稻田綠，悠悠幼秧**」。「青麥」之「青」和「稻田」之「綠」在顏色上相對，均呈現出逐漸變綠、越發青翠的動態一幕；「**灌漿**」是小麥籽粒形成的一個階段，是小麥積蓄能量走向成熟的階段，麥苗之灌漿「成熟」與秧苗之「**幼**」亦形成鮮明的對比，進一步展現自然生長規律。

昆蟲與植物息息相關，下闋以昆蟲接續上闋的植物描寫，完整描繪自然萬物互動活動之節律，更以天文變化拓寬上闋的人間景象。

「**蜻蜓點水**」，頗有「小荷才露尖尖角，早有蜻蜓立上頭」之意蘊，將初夏的意味渲染得更加濃郁，暗中點題；雌蜻蜓輕點水面，是在水中產卵，孕育新生命。

「**蝶兒舞夢**」，蝴蝶一般多在春夏之交（4月下旬至5月中旬）出現，「**蝶兒**」是剛剛羽化的蝴蝶，嚮往著花叢翩飛的美好未來，亦竭盡全力舞出夢想，融入自然。

「**點水**」與「**舞夢**」兩個動詞將蜻蜓和蝴蝶的輕盈之態刻劃得唯妙唯肖，躍然紙上，前者寫實，後者由實入虛，正是蝴蝶之輕盈舞姿才似虛幻之夢境；「**舞夢**」亦可與「莊周夢蝶」相關

聯,更添一重夢幻意味。

「草木競芬芳」則與「蜻蜓點水」、「蝶兒舞夢」相襯托,草木生長呈「競相」之勢,可見其茂盛與靈動,正是草木之盛美才引得蜻蜓與蝴蝶的流連嬉戲、如墜夢境,進而將生物圈中彼此依賴、相依相生、相輔相成的規律不著痕跡地展露出來。蜻蜓展現孕育之美、蝶兒展露初生之美、草木呈現茁壯成長之美,完整地展現了立夏時節生命不同的狀態與美感。

「萬物順陰陽。東南指,天文地章」收束全篇,太極陰陽即自然規律,盛與衰、青澀與成熟、競爭與依存,都是自然規律使然。「東南指」即北斗七星的斗柄指向東南方,是立夏時節的天象,再次點題。「天文地章」意指天文與地理雖有各自的執行系統與內在規則,卻相通相聯,彼此間往來呼應,形成一個完整的系統,暗含本詞中描繪的所有現象都是與天象緊密連繫,在自然規律運轉中環環相扣,牽一髮而動全身。言至此處,大千世界的悠長韻味、規律執行得到昇華。

四、節氣

立夏通常為每年國曆5月5至7日。《曆書》云:「斗指東南維為立夏,萬物至此皆長大,故名立夏也。」《月令七十二候集解》云:「立,建始也;夏,假也,物至此時皆假大也。」

「假」是「大」的意思,也就是萬物開始長大的意思。

夏之情：繁茂與熱烈

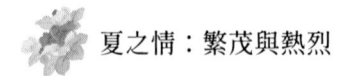

立夏是溫度升高、炎暑將臨、雷雨增多、農作物進入旺季生長的一個重要節氣。春花作物進入黃熟階段，要及時搶晴收割，「多插立夏秧，穀子收滿倉」。此時，大江南北水稻（早稻）栽插以及其他春播作物的管理進入了大忙季節；夏收作物進入生長後期，冬小麥揚花灌漿，油菜接近成熟，夏收作物年景基本定局，故農諺有「立夏看夏」之說；中稻播種也要抓緊收尾。

雜草生長也很快，「一天不鋤草，三天鋤不了」、「立夏三天遍地鋤」都說明中耕鋤草對作物生長的重要意義。此時，昆蟲活動也更加頻繁。

立夏時節作物新盛，有嘗新習俗，如蘇州有「立夏見三新」之諺，「三新」為櫻桃、青梅和麥子，用以祭祖；江南水鄉有烹食嫩蠶豆的習俗等等。

【含笑花】

太常引・立夏

　　雙子葉植物綱、木蘭目、木蘭科、含笑屬常綠灌木。花期3至5月，果期7至8月。高2～3公尺，樹皮灰褐色，分枝繁密；葉革質，狹橢圓形或倒卵狀橢圓形。原產中國華南南部各省分，廣東鼎湖山有野生，生於陰坡雜木林中。芳香花木，苞潤如玉，香幽若蘭。

【槐】

　　豆目、豆科、蝶形花亞科、槐屬落葉喬木。溫帶樹種，喜歡光，喜乾冷氣候。槐樹常植於屋邊、路邊，中國各地普遍栽培，以黃土高原和華北平原為最多。槐花又名洋槐花，一般將開放的花朵稱為「槐花」，也稱「槐蕊」，花蕾則稱為「槐米」，廣義的槐花包含花朵及花蕾。一般在每年四五月開花，花期一般為10～15天。

夏之情：繁茂與熱烈

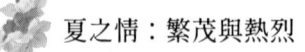

【麥】

　　被子植物門、單子葉植物綱、禾本目、禾本科、早熟禾亞科一年生或兩年生草本植物，是麥類作物的總稱，有小麥、大麥、燕麥、黑麥等。籽實主要做糧食或做精飼料、釀酒、製飴糖。明代宋應星《天工開物‧麥》：「凡麥有數種，小麥曰來，麥之長也；大麥曰牟、曰穬；雜麥曰雀、曰蕎。皆以播種同時，花形相似，粉食同功，而得麥名也。」日常專指小麥，也指這種作物的籽實。「小麥」是小麥屬植物的統稱，是世界上分布最廣、栽培面積最大的糧食作物。稈中空或基部有髓，有分蘖。葉片長披針形，喜溫涼、光照充足和半乾旱半溼潤的生長條件。按播種期，分冬小麥和春小麥。麥粒富含澱粉和蛋白質，主要用於製麵粉，麩皮可做精飼料和微生物培養基，稭稈可做編織和造紙原料。雨水時節，在拔節的麥苗，一望無際彷彿綠色的波浪。

【蜻蜓】

蜻蜓目、差翅亞目、蜻科和蜓科的不完全變態昆蟲。蜻蜓在夏季生活在低海拔地區的池塘、湖泊、沼澤等靜水環境，幼蟲在水中發育，它們一生經歷三個階段：卵、稚蟲及成蟲。經過一冬一春的發育，長成三四公分長的幼蟲，春夏之交飛出水面。蜻蜓的幼蟲在水裡經歷多次蛻皮，起碼要經過一年甚至兩年及兩年以上才沿水草爬出水面，再經最後蛻皮羽化為成蟲。在中國中心地帶，一般 4 至 9 月可見蜻蜓，蜻蜓最早在春天 4 月出現，夏末秋初為高發期，秋末冬初為截止期。

夏之情：繁茂與熱烈

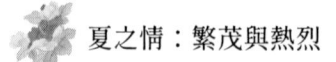

【蝴蝶】

　　昆蟲綱、類脈總目、鱗翅目中一類昆蟲的統稱。蝴蝶屬完全變態昆蟲，一生需要經歷卵、幼蟲、蛹和成蟲四個發育階段，前三個發育階段常被稱為「幼期」。大部分蝴蝶觸角為棒狀或錘狀，細長，底部略粗，兩翅連鎖器為翅抱，身體相對纖細。蝴蝶被譽為「會飛的花朵」。蝴蝶的活動直接受外界溫度的支配，所以一般是在春季破蛹而出，在驚蟄過後開始出現，但此時較少；隨著天氣轉暖，蝴蝶逐漸增多，夏天達到高峰，通常以4月下旬到5月中旬活動最為頻繁；中秋過後又逐漸減少，到氣溫只有攝氏幾度時基本上就看不到了。李白在〈長干行〉一詩中云「八月蝴蝶黃，雙飛西園草」，可見蝴蝶能活動至秋季。

行香子・小滿

小草芬芳，小菊金黃。蒼天盈、小滿榮昌。

佛桑映日，鳶尾流光。

照桃青澀，李青脆，麥青香。

鶯歌柳舞，蛙鳴稻奏，綠波傳、韻律宮商。

靈從天降，物競存良。

望雲悠哉，山悠遠，水悠長。

〔宋〕揚無咎〈畫蝴蝶花（鳶尾）〉軸（區域性）

夏之情：繁茂與熱烈

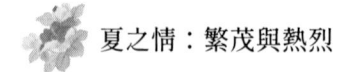

一、詠唱

小草知夏，青翠盎然，溢出陣陣清香。小菊應時，裝束如金，綻出點點暖陽。蒼穹如海，吐納天地氣流，朗潤四方。萬類風貌，榮而未驕，昌而未盛，含著成熟的熱望。

佛桑花綻迎朝日，朵朵照見紅霞。鳶尾花笑納陽光，枝枝蕩漾紫芳。日暉傾瀉之下，桃果正碧，青澀口；李果甘脆，簇成團；無邊麥田綠油油，麥穗初齊，顆粒漸飽滿。

鶯在枝頭啼囀，柳隨鳥聲翩躚。蛙聲風聲響稻田，苗肥棵壯，綠浪湧，翠波翻，好似演奏動人樂章，一曲豐年願。

天地合氣，精魂從宇宙降入乾坤，化育洪荒。萬物擇位而居，適性而動，順應自然規律，互競雄長，去偽存真，去惡存善，生生不息。

望山間白雲，繚繞變幻；遠山連綿，疊嶂重巒；江河蜿蜒，水流綿長。

二、詞牌與詞譜

「行香」意為燒香，行香者多為上位之人。南宋程大昌《演繁露》云：「行香即釋教之謂行道燒香也。」唐代張籍〈送令狐尚書赴東都留守〉詩云：「行香暫出天橋上，巡禮常過禁殿中。」「行香子」調名本義即以小曲的形式歌詠拜佛儀式中的繞行上香。[13]

---

[13] 丁福保。佛學大辭典 [M]。上海：上海書店出版社，1991：1077。

行香子‧小滿

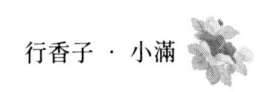

「行香子」，共八體，正體雙調六十六字，前段八句四平韻，後段八句三平韻，以宋代晁補之〈行香子‧同前〉為例：

前歲栽桃，今歲成蹊。更黃鸝、久住相知。
中仄平平，中仄平平。中中中、中仄平平。

微行清露，細履斜暉。對林中侶，閒中我，醉中誰。
中平中仄，中仄平平。仄中平中，中中仄，仄平平。

何妨到老，常閒常醉，任功名、生事俱非。
中平中仄，平平中仄，仄中平、中仄平平。

衰顏難強，拙語多遲。但酒同行，月同坐，影同嬉。
中平中仄，中仄平平。仄中平中，中中仄，仄平平。

宋代蘇軾〈行香子‧過七里瀨〉：

一葉舟輕，雙槳鴻驚。水天清、影湛波平。
魚翻藻鑑，鷺點菸汀。過沙溪急，霜溪冷，月溪明。
重重似畫，曲曲如屏。算當年、虛老嚴陵。
君臣一夢，今古空名。但遠山長，雲山亂，曉山青。

三、賞析

「行香子」中的「行香」，煙氣繚繞，騰空而上是外形，以香傳信是實質。「靈」——亙古綿延的精神，好似借一縷縷清

夏之情：繁茂與熱烈

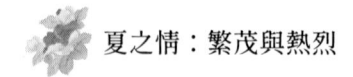

香，連接起天地與萬物。詞的意旨，是要表達這種內蘊於萬物、順應自然、自強不息的精神。

上闋透過小草、小麥、佛桑等意象略加點染，一句一景，風采各異。

「小草芬芳，小菊金黃」，「芬芳」寫嗅覺、氣息；「金黃」寫視覺、形貌，視角著眼於細微，從微花小草之處，便自然帶出一股靈動的生命力。

「蒼天盈、小滿榮昌」，「盈」，經過一季的生長後，地上生命此時更加充盈，而其動力，是天之豐盈——各項氣候條件適宜，滿足生命繼續生長的需求。「盈」與「滿」互為支撐，同時「小草」、「小菊」、「小滿」三個「小」字略加限定，恰如其分地展現出天圓地方之中，小得盈滿之態。萬物逐漸飽滿，亦蘊含著要進一步發展成熟的趨勢與希望。

「佛桑映日，鳶尾流光。」紅日與佛桑相映，分外鮮豔。「映」既烘托出佛桑的顏色奪目，也引出鳶尾的燦爛。在麗日和光照耀、溫煦暖流之下，花朵的光彩也在閃爍和流動。「流」也是對上句「天盈」、「小滿」的動態寫照——由於盈滿而流溢出來。

「照桃青澀，李青脆，麥青香。」「照」字仍接天與日，三種植物既有相同之處，又有差異。相同的是顏色，皆為青色，「青」正是「小滿」的本色，如青春年華，意氣風發但還未成

行香子・小滿

熟,差異所在是生長的狀態。桃子表皮青色,口感生澀,仍需蓄力生長;李子離完全成熟爽口還差一段陽光雨露;小麥半熟,開始灌漿飽滿,還未穗頭傾倒,已醞幾分清香。

下闋繼寫鶯、柳、蛙、稻,描繪小滿景緻。

「**鶯歌柳舞,蛙鳴稻奏,綠波傳、韻律宮商。**」「**歌**」、「**舞**」、「**鳴**」、「**奏**」四字入耳、入眼、入心、入神。黃鶯鳴聲婉轉,啼叫處,有如夏泉湧流,頓生歡心。楊柳枝條纖長,風拂而動,好像和著鶯歌而舞動。蛙也不禁鳴叫,高聲詠唱。稻田掠風,綠浪起伏,好似音波傳送。「**傳波**」一詞為無形之物賦形,展現出一種內在的自然律貫穿小滿時節音畫歌舞詩篇中的種種事物,猶如「**韻律宮商**」,奏出錦瑟和弦,長樂未央,並引出下句。[14]

「**靈從天降,物競存良。**」此句為點題之筆,是哲思,也是對上闋「**蒼天盈**」的註解。「**靈**」有兩解:一為「靈動」,花草鳥獸,青麥碧稻,一一活靈活現,生機勃發;二為「魂」,與「**物**」相對,萬物展現出的聲氣、形體以及個性都從天地本源中孕育而來,都有一種靈性貫穿。「**靈**」對「**物**」接觸到的外在現象感受做出判斷,賦予行動指揮,使不同個體具有不同特性,這種無形的訊息,又使萬物互相交流,形成有序、和諧的自然秩序。生命於自然之中,皆有自己的位置,有自己的生存目的。

---

[14] 中國古樂基本音階,宮、商、角、徵、羽,類似現在簡譜中的 1、2、3、5、6,即宮(Do)、商(Re)、角(Mi)、徵(So)、羽(La),亦稱作「五音」。

夏之情：繁茂與熱烈

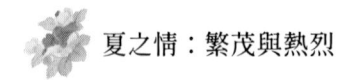

不同生命彼此交織碰撞，表現出「競」。自然並非僵化不變，而是以不可抗拒的力量促使生命不斷前行，奔赴各自命運，呈現的結果則是，不能順應規律的，逐漸消亡；為了適應規律的，做出改變；適應並順從規律的，存留並發展。「良」不僅是萬物秩序的外在展現、本原歸宿，更是無形的宇宙精神真、善、美本質的彰顯，只有那些求真、求善、求美的事物，才為自然所接納，才能長期保持競爭的活力與生機。

「望雲悠哉，山悠遠，水悠長。」筆觸從對萬物規律的沉思中移開，轉至遠方。雲、山、水，鋪展在畫屏中，延宕至視界外，相互連接、相互依存、相互照看。世間萬物無不囊括在這廣闊遼遠的天地之中，而天地之外，悠遠悠長的，是宇宙無盡的奧祕。

四、節氣

小滿，於每年國曆 5 月 20 至 22 日交節。「小滿」之名，「滿」一則代表雨水充盈，二則代表小麥飽滿。小滿節氣期間，來自南方海洋的暖溼氣流活躍，與從北方南下的冷空氣在華南一帶交會，出現持續降水，如民諺云「小滿，江河漸滿」。北方尚未進入雨季，日照時間長，氣溫迅速上升，麥類等夏熟作物籽粒已開始飽滿，進入乳熟後期，即物候所謂「麥秋至」，「此於時雖夏，於麥則秋」。頭一年播種的冬小麥，會在小滿前後

成熟收穫,是一年中收穫的第一波糧食。

　　古時,江浙一帶在小滿節氣期間有祈蠶節,謂小滿為蠶神誕辰。《清嘉錄》記載:「小滿乍來,蠶婦煮繭,治車繅絲,晝夜操作。」小滿節氣時,新絲行將上市,絲市轉旺在即。

【佛桑】

　　「佛桑」通「扶桑」,又名朱槿、佛槿,錦葵目,錦葵科,高可達6公尺,花多為豔紅色,單生上部葉腋間,下垂,近頂端有節。西晉《南方草木狀》記載,其莖葉與桑無二,花色嬌豔,如同火焰,如太陽懸掛其上。花朝開暮落,恰似傳說中的「扶桑神木」。

夏之情：繁茂與熱烈

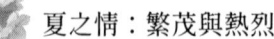

【鳶尾花】

鳶尾屬草本植物，因葉片平展如鳶尾而得名。4至5月是花季，花開形大而奇，若翩翩彩蝶。鳶尾花的植物屬名來自希臘語「彩虹」，喻指花色豐富，流光溢彩。從北宋年間開始，開白色花的鳶尾，被稱為「玉蝴蝶花」。宋代揚無咎的〈畫蝴蝶花〉軸中已有對鳶尾的工寫，嫋娜蹁躚，嬌柔可愛。

【李】

李屬薔薇科李亞科。李屬植物種類繁多，是重要的觀花、觀葉、觀果植物。本屬有30餘種，主要分布在北半球溫帶，

行香子・小滿

在中國多數自然分布在長江流域以北至西南山區。高 9～12 公尺，紅褐色而光滑。花小，白色或粉紅色，花期 4 月，果期 7 至 8 月，葉至秋呈紅色。

【鶯】

　　黃鶯，也稱「黃鸝」、「黃鳥」等，分類上屬鳥綱黃鸝科。《詩經・國風・周南・葛覃》就有「黃鳥於飛，集於灌木，其鳴喈（ㄐ一ㄝ）喈」之句。

　　黃鸝在中國主要為夏候鳥，部分為留鳥。通常每年 4 至 5 月遷來中國北方繁殖，9 至 10 月南遷，喜集群，常成對地在樹叢中穿梭，叫聲悅耳。

夏之情：繁茂與熱烈

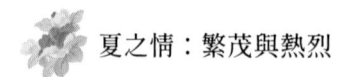

【蛙】

　　脊索動物門兩棲綱無尾目。「蛙」一詞常泛指皮膚光滑、善跳的無尾目動物，以區別於體肥、皮膚多疣、齊足跳的蟾蜍。蛙主要為水生，但有些種類陸棲，棲於洞穴內或樹上。青蛙的發育過程大體經過受精卵、蝌蚪、幼蛙、成蛙四個時期，屬於變態發育。夏季，雄蛙依靠喉部的一對聲帶發出響亮的鳴聲。中國的蛙類有130種左右，幾乎都是消滅森林和農田害蟲的能手。

女冠子・芒種

女冠子・芒種

芒收芒種，收忙種忙天弄，總匆匆。揮汗朝陽裡，埋頭月色中。

水流山翠懶，日照野雲慵。誰在家中飲，女兒紅？[15]

〔清〕焦秉貞《耕織圖冊》紙本（區域性）

一、詠唱

仲夏暑盛，有芒作物成熟，北方麥黃，江南秧綠。麥類長出尖尖的芒刺，結出顆顆飽滿的麥粒，發出成熟待割的訊號。

---

[15] 女兒紅：糯米酒（南方黃酒）的一種，主要產於浙江紹興一帶。早在宋代，紹興就是有名的酒產地。紹興人家裡生了女兒，等到孩子滿月時，就會選酒數壇，泥封壇口，埋於地下或藏於地窖內，待到女兒出嫁時取出招待親朋客人，由此得名「女兒紅」。

夏之情：繁茂與熱烈

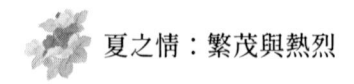

晚稻等夏播作物，適逢播種時節，翹首盼著跟隨自然節律躍入土壤，開啟一輪新生。

收麥忙，種稻忙，田間盡是奔忙。暑熱匆匆，勞作匆匆。生命之起承轉合，皆是上天安排，於盛夏的匆忙間即得天道之酬。

日出而作，將汗水揮灑進清晨的第一縷陽光；月升仍不歇，伴著月色埋頭田間，不敢有一刻倦怠。

潺潺流水繞山轉，凡流過皆無聲滋養草木；山色蔥蘢，巍然靜立，一派悠然閒適。太陽灑下赫赫光輝，金光萬縷，雲朵自在地臥於碧空，在暖陽的照耀下慵懶、愜意。

山水悠然，野雲悠哉，有境自在逍遙，有人辛苦奔忙，誰能偷得浮生半日閒，在家中安飲一杯得來不易的女兒紅？

二、詞牌與詞譜

「女冠子」，原為唐教坊曲名，後用作詞牌名。「女冠」亦稱「女黃冠」、「女道士」、「道姑」，唐代女道士皆戴黃冠，因俗女子本無冠，唯女道士有冠，故名。「子」是「曲子」的省稱，調名本義為歌詠女道士情態的小曲。清代毛先舒《填詞名解》云：「〈女冠子〉，唐薛昭蘊始撰此詞，云：『求仙去也，翠鈿（ㄉㄧㄢˋ）金篦（ㄅㄧˋ）盡舍。』以詞詠女冠，故名。《詞譜》援漢宮掖承恩者，賜芙蓉冠子，或緋或碧。然詞名未必緣此事也。」

女冠子・芒種

　　小令始於溫庭筠，長調始於柳永，柳永詞一名「女冠子慢」。

　　「女冠子」，共七體，正體為雙調四十一字，前段五句兩仄韻、兩平韻，後段四句兩平韻，以唐代溫庭筠〈女冠子・含嬌含笑〉為例：

　　含嬌含笑，宿翠殘紅窈窕，鬢如蟬。寒玉簪秋水，輕紗卷碧煙。

　　中中中仄，中中中平中仄，仄平平。中仄平平仄，平平仄仄平。

　　雪胸鸞鏡裡，琪樹鳳樓前。寄語青娥伴，早求仙。

　　中平平仄仄，中仄仄平平。中中平中仄，仄平平。

　　唐代韋莊〈女冠子・昨夜夜半〉：

　　昨夜夜半，枕上分明夢見。語多時。

　　依舊桃花面，頻低柳葉眉。

　　半羞還半喜，欲去又依依。覺來知是夢，不勝悲。

三、賞析

　　女道士謂之「女冠子」。「芒種」之中有順應天時之道、忙閒之道，在精神層面與「道士」的道家意涵相連繫，女道士在仙風道骨之外亦有躬身耕耘之辛勞，詞末的女兒紅亦得之於忙

夏之情：繁茂與熱烈

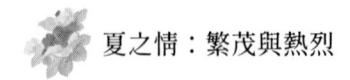

種之功，故用該詞牌。

本詞上闋寫農人之忙碌，下闋以山水風光之慵懶、飲女兒紅之閒適作對比，在強烈反差中展現農人在芒種時節的堅持與順時而為。

麥類作物有芒，仲夏正是收麥之時；稻、黍、稷類作物亦有芒，仲夏亦是此類作物播種的好時節。「芒收芒種」聚焦於作物，展現了有芒的穀類不同的生長狀態，將北方收麥與南方種稻的農耕全景描摹出來。

「**收忙種忙天弄**，**總匆匆**」，則從作物轉而聚焦於農人，「芒種」又有「忙種」之意，是一個耕種忙碌的節氣。此時的收、種，都受自然條件推動與限制，農人之因勢而動、因時制宜的智慧便蘊含其中。「**匆匆**」與句中兩個「忙」字照應，展現遵循著民諺「芒種不種，再種無用」所含的道理，農耕活動對自然氣候亦步亦趨地追趕。

「**揮汗朝陽裡，埋頭月色中**」，從日出「揮汗」直到日落月起仍在「埋頭」勞作，以縱向時間軸的變更加以不變的農忙動作，兩者交行，從而更具體地對「忙」進行了刻劃。

隨著上闋的結束，下闋開啟一幅完全不同的景象：「**水流山翠懶，日照野雲慵**。」「懶」、「慵」二字既可以形容山中涓涓流水、悠悠綠植和天上日光漫漫、閒雲漫卷之景，也含有對山中閒雲野鶴般悠哉生活的嚮往。折射出在交錯縱橫的時空當

中，雖處同一時刻，有人在為農活不捨晝夜地勞苦奔忙，卻也有人優哉遊哉，在享受自由瀟灑的閒散時光。

「**誰在家中飲，女兒紅？**」把酒言歡也多是富有閒情逸致之舉，與前句相得益彰地完成了下闋所繪的一幅肆意快活之景。此句有三重意蘊。其一，此時此刻，飲酒人非釀酒人，正如詩句「遍身羅綺者，不是養蠶人」所言，能暢飲女兒紅的往往不是此時還在為基本生活勞碌的農人。其二，此刻有閒情逸致暢飲女兒紅的人，未必能真正品出其中的味道，種植、收割、將糧食釀成酒埋於地下，18年後才成好酒的女兒紅中飽含的情感沉澱，飲酒人真的懂得嗎？其三，此刻辛勞的農人以勤勞的雙手釀造未來的幸福生活，誰說未來不能成為飲酒人呢？那究竟是誰在飲女兒紅，又是誰能品出真正滋味呢？尾句留下的這一問，使整篇描繪的兩種情境對比更加耐人思索，發人深省。

四、節氣

芒種，於每年國曆6月5至7日交節。芒種時節氣溫顯著升高、雨量充沛、空氣溼度大，中國大部沿江多雨；西南西部的高原地區冰雹天氣開始增多；長江中下游地區先後進入梅雨季節（雨日多，雨量大，日照少，有時還伴有低溫）。芒種時節，農作物生長旺盛，需水量大，適中的梅雨對農業生產十分有利。梅雨過早易造成洪澇災害，梅雨過遲或梅雨過少甚至

夏之情：繁茂與熱烈

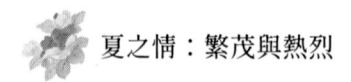

「空梅」會使作物受到乾旱的威脅。

芒種是一個耕種忙碌的節氣，民間也稱為「忙種」。芒種至夏至這半個月，是秋熟作物播種、移栽、苗期管理和全面進入夏收、夏種、夏管的「三夏」大忙高潮：華北地區，一般麥田開始收割；華中地區，搶晴收麥，選留麥種；華南地區，早稻追肥，中稻耘田追肥，晚稻播種，早玉米、早黃豆收穫，晚黃豆播種等等。農事耕種以芒種這一節氣為界，過此之後種植成活率會越來越低。

每年五六月是南方地區梅子成熟的季節，南方地區人們在芒種有煮梅活動，皖南地區有安苗習俗，一些地區還有送花神活動。

阮郎歸・夏至

日長日短北回歸，阮郎夏至違。山中花草共芳菲，芬香留與誰？[16]

清風軟，綠波微，蛙鳴稻正肥。荷花偎葉吐心扉，花開映日暉。

〔清〕王圖炳〈荷花圖〉（區域性）

---

[16] 阮郎：出自《太平御覽》卷四十一，引南朝宋劉義慶《幽明錄》。漢明帝永平五年（西元 62 年），阮肇、劉晨二人共入天臺山採藥，回家路上陷入危險，先以桃充飢，後遇二仙女，被招為婿，去往對方家中半年，下山時卻發現已過十代。

夏之情：繁茂與熱烈

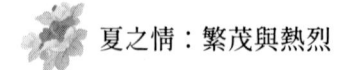

一、詠唱

　　日光長至，日影短至，是晃晃圓日直射北回歸線；日已踏歸程，此後牽扯著白晝慢慢回縮。阮郎結緣麗人而忘歸，沉醉桃源，時過夏至，紛繁紅塵已久違。

　　山林疊翠，花影繽紛，綠草萋萋，流溢芬芳，共享盛景。花草芳香瀰漫山野，阮郎終下山，此番香豔又留給誰人去賞？

　　六月的風清新柔和，從田間輕緩而過，染得水稻越發青翠。迎風緩緩起舞，微微泛起一陣綠漪，正是株株豐腴水稻，擠滿田間茁壯成長。四處不見蛙影，但聞蛙聲悠揚，欲把豐年報。

　　荷花依偎著荷葉，欣然吐露花蕊，敞開心扉向陽而開，感念日光的恩澤，與留映於花瓣上的暖暖光輝彼此交融，渾然一體。

二、詞牌與詞譜

　　「阮郎歸」，詞牌名，以阮肇、劉晨遇仙而復歸事得名。

　　〈神仙記〉載阮肇、劉晨入天臺山採藥，遇二仙女，留住半年，思歸甚苦。既歸則鄉邑零落，已十世矣。曲名本此，故作淒音。而唐教坊曲有〈阮郎迷〉，疑為其初名。

　　「阮郎歸」，又名「醉桃源」、「醉桃園」、「碧桃春」。

阮郎歸‧夏至

「阮郎歸」，共兩體，正體為雙調四十七字，前段四句四平韻，後段五句四平韻，以五代李煜〈阮郎歸‧呈鄭王十二弟〉為例：

東風吹水日銜山，春來長是閒。落花狼藉酒闌珊，笙歌醉夢間。

中平中仄仄平平，平平仄仄平。中平中仄仄平平，平平仄仄平。

佩聲悄，晚妝殘，憑誰整翠鬟？留連光景惜朱顏，黃昏獨倚闌。

平仄仄，仄平平，平平仄仄平？中平中仄仄平平，平平仄仄平。

宋代辛棄疾〈阮郎歸‧耒（ㄌㄟˇ）陽道中為張處父推官賦〉：

山前燈火欲黃昏，山頭來去雲。鷓鴣聲裡數家村，瀟湘逢故人。

揮羽扇，整綸巾，少年鞍馬塵。如今憔悴賦招魂，儒冠多誤身。

三、賞析

阮劉遇仙，結緣麗人，此為「醉桃源」；半年後終離桃源，亦為「阮郎歸」。夏至時節，人間芳菲美景亦是桃源，尤以「稻正肥」為最，需要人們回歸人間細細品味，莫要流連山中仙

夏之情：繁茂與熱烈

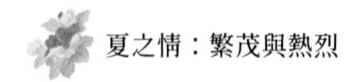

境，故用詞牌「阮郎歸」。

本詞以天文時令始，繼而由時光飛逝的恍惚仙境轉入人間六月芳菲實景。

「日長日短北回歸」，夏至這一天太陽直射北回歸線，北半球的白晝達到一年中最長，太陽照射下物體的影子最短，此意與古籍《恪遵憲度》所云相同，「日北至，日長之至，日影短至，故日夏至。至者，極也」。此句也有另一重意味，「日」可解為白天，「日長日短」即呈現出夏至前白晝時間逐漸拉長以及到達北回歸線後白晝又逐漸縮短的動態畫面。「日」還可解為日子、時間，與後句的典故相呼應。

「阮郎夏至違」借用阮郎上山採藥，尋著桃源偶遇麗人，山上半年時光，下山時卻恍然已歷十世的典故，這裡時間流逝的快與慢恰與「日長日短」意蘊相契。

「夏至」與「北回歸」為正對，雙雙點題。而「違」與「歸」成反對，日已歸而人未歸——典故中山上桃熟、藥草茂盛本就在6至8月，正是盛夏，夏至時節阮郎本應採藥而「歸」，如今卻無兆而「違」，或許是流連仙境，久留於桃源、久違於紅塵、家人；抑或「宿福所牽」，又執意求歸，違了仙子？

「山中花草共芳菲，芬香留與誰？」此句所述之景亦幻亦真，阮郎終下山，桃源仙境中花草葳蕤、香氣馥郁，終又給誰賞，此為幻境；夏至時節山林本就花草繁盛，此為實景。

阮郎歸・夏至

　　上闋最後留下的一問「留與誰」，亦可不必糾結於答案是何人，各種景物自有其姿態，自得其樂。

　　「清風軟，綠波微，蛙鳴稻正肥」，是風吹稻田的和諧景緻。「清風軟」與「綠波微」一則以完全相對的結構描述夏至時「清風」與「綠波」的並列共存關係；二則加以「稻正肥」進一步突顯農作物順應時令的生長態勢，呈現出由「清風」溫軟地吹動茁壯生長的水稻，產生一波波綠浪的動態景象。

　　「荷花偎葉吐心扉」，一個「偎」字將花與葉相互扶持、共榮共生的情態款款道來。「吐心扉」，既是荷花與荷葉相依耳語，向荷葉傾訴彼此守護的情誼；更是荷花向太陽吐露心緒，感激太陽灑下暖暖光輝，為荷花的怒放乃至萬千生命的成長提供條件。這便引出了「花開映日暉」，荷花感應日暉的餽贈而愉悅盛開，真真是「心花怒放」。此為日照荷花、荷葉的共生景象，一個有機生命系統自然天成。整個下闋描寫山下之景，以荷花、青蛙、水稻等動植物見微知著地呈現出夏至時節的自然規律，並與上闋的山中之景相互映襯，或可理解為阮郎離開仙境重歸凡塵所見之景，引人思考究竟何處才是仙境。

四、節氣

　　夏至，於國曆 6 月 21 至 22 日交節。夏至是太陽北行的轉捩點，夏至過後太陽直射點開始從北回歸線（北緯 23° 26′）向

夏之情：繁茂與熱烈

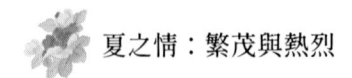

南移動。

夏至前後，淮河以南早稻抽穗揚花，在田間水分管理上要做到足水抽穗，溼潤灌漿，既滿足水稻結實對水分的需求，又能透氣養根，確保活熟到老，提高籽粒重。俗語有「夏種不讓晌」，夏播工作要抓緊收尾，已播種的要加強管理，出苗後應及時間苗、定苗，移栽補缺。

夏至時節，各種農田雜草和莊稼一樣生長很快，不僅與作物爭水、爭肥、爭陽光，而且是多種病菌和害蟲的寄主，因此農諺說：「夏至不鋤根邊草，如同養下毒蛇咬。」抓緊中耕鋤草是夏至時節極其重要的增產措施之一。

中國傳統的推算方法規定，夏至後的第三個庚日為「初伏」之始，第四個庚日為「中伏」之始，立秋後第一個庚日為「末伏」之始。初伏、中伏和末伏統稱為「三伏」，是全年中氣溫最高、氣壓低、溼度大、風速小的潮溼悶熱時段。初伏、末伏各長 10 天；中伏的天數則有長有短，可能是 10 天，也可能是 20 天，這取決於每年夏至節氣後第三個庚日（初伏）出現日期的遲早。三伏一般出現在小暑與處暑之間。三伏中的「伏」，有兩層含義：一是表示陰氣受陽氣所迫藏伏地下；二是表示天氣太熱，宜伏不宜動。以 2022 年為例，初伏為 7 月 16 至 25 日，長 10 天；中伏為 7 月 26 至 8 月 14 日，長 20 天；末伏為 8 月 15 至 24 日，長 10 天（見下表）。

阮郎歸 · 夏至

2022年6月	20	21 夏至 (乙巳)	22 (丙午)	23 (丁未)	24 (戊申)	25 (己酉)	26 (庚戌)
	27 (辛亥)	28 (壬子)	29 (癸丑)	30 (甲寅)	1 (乙卯)	2 (丙辰)	3 (丁巳)
7月	4 (戊午)	5 (己未)	6 (庚申)	7 小暑	8	9	10
	11	12	13	14	15	16 初伏 (庚午)	17 (辛未)
	18 (壬申)	19 (癸酉)	20 (甲戌)	21 (乙亥)	22 (丙子)	23 大暑 (丁丑)	24 (戊寅)
	25 (己卯)	26 中伏 (庚辰)	27	28	29	30	31
8月	1	2	3	4	5	6	7 立秋 (壬辰)
	8	9	10	11	12	13	14
	15 末伏 (庚子)	16	17	18	19	20	21
	22	23 處暑	24	25	26	27	28

夏之情：繁茂與熱烈

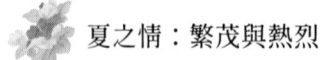

【荷花】

荷花又名「蓮花」、「水芙蓉」等，是毛茛目、蓮科、蓮屬直立多年生草本植物，是被子植物中起源最早的植物之一。荷花是中國傳統十大名花之一，栽培歷史悠久，中國古代第一部辭書《爾雅》中就有詳細記載。荷花的地下莖（蓮藕）長而肥厚，有長節；葉盾圓形，花瓣多數嵌生在花托穴內，單生於花梗頂端，有紅色、粉紅色、白色、紫色等顏色，或有彩紋、鑲邊。荷花多於 5 月開花，5 至 9 月皆可見。

長相思・小暑

長相思・小暑

中稻香,早稻香。
甘露溫風小暑妝,荷塘葉閃光。
一聲揚,兩聲揚。
欲照蛙鳴螢火忙,夜深蟬意長。

〔清〕翁雒(ㄌㄨㄛˋ)〈草蟲花卉圖・其七・花石柳蟬圖〉

一、詠唱

　　中稻尚青青,拔節向上,透著淡淡清香。早稻已成熟,風起金穗千重浪,滿載穀粒香。

　　雨露陣陣,灑進稻畦中。溫風徐徐,把一片片農作物滋養。小暑天的光與熱,給了稻田生長的能量,化出豐沃的模

夏之情：繁茂與熱烈

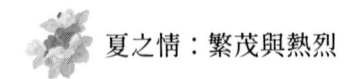

樣。日光傾瀉在稻畔的荷塘，荷葉閃爍點點金光。

夜幕落下，青蛙在稻田裡歡唱。一聲又一聲，一段又一段，高昂的聲音在夜色中迴響。

螢火蟲飛旋在空中，追隨著歌聲，前前後後，上上下下，打著燈光，想把蛙的舞臺照亮。夜的腳步走向深處，蟬還在樹上鳴叫不休，聲音穿透了夜晚，其中飽含了多少意味，深深長長。

二、詞牌與詞譜

「長相思」，原為唐教坊曲，〈古詩十九首〉有：「客從遠方來，遺我一書札。上言長相思，下言久離別。」「長相思」為樂府舊題，南朝蕭統、陳後主等均有詩作，多抒寫離別相思之情。

「長相思」又名「吳山青」，取宋代林逋之詞；或「山漸青」，出自張輯「江南山漸青」句。

「長相思」，共五體，正體為雙調小令，三十六字，前後段各四句三平韻、一疊韻，以宋代万俟詠（「万俟」為複姓，讀ㄇㄛˋ ㄑㄧˊ）〈長相思·一聲聲〉為例：

一聲聲，一更更。窗外芭蕉窗裡燈，此時無限情。

中中平，中中平。中仄平平中仄平，中平中仄平。

夢難成，恨難平。不道愁人不喜聽，空階滴到明。

中中平，中中平。中仄平平中仄平，中平中仄平。

唐代白居易〈長相思〉：

汴水流，泗水流，流到瓜州古渡頭。吳山點點愁。

思悠悠，恨悠悠，恨到歸時方始休。月明人倚樓。

三、賞析

「長相思」之用意，既表達農人把農作物的生長的情況一直掛在心上，不斷念想與盼望著豐收，也展現在對物、對時進行的長遠觀察與思考上。

上闋描繪夏日稻香圖。

「中稻香，早稻香。」長江中下游種植水稻，有早、中、晚之分，透過掌握水稻的收割時間，適時播種，適時收穫。中稻種植晚，育期長，到小暑時，還呈現青色。而早稻從播下之後，日照漸長，氣溫漸高，雨水漸多，到小暑時已吸收足天地精華，粒滿而黃熟。稻不同，香自異，但「香」中，都有豐收的甜蜜。

「甘露溫風小暑妝，荷塘葉閃光。」由稻香至稻色。甘甜雨露和溫暖風氣潤養了稻，稻由內而外有了好氣色。有了雨露、香稻，小暑光景之中滿含欣喜。隨著暑日升高，降下一片溼

夏之情：繁茂與熱烈

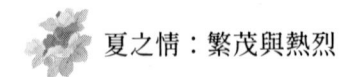

氣，在午後陽光照射下，稻田旁的荷塘裡，荷葉如翡翠一般碧綠通透，反射出醉心的光彩。一個「妝」字，暑天裝點了稻田與荷塘，風景也裝點了暑天。

下闋傾吐鄉間夜聞。

「**一聲揚，兩聲揚**。」起句先聞「**一聲**」、「**兩聲**」，聲聲不斷。連用兩個「**揚**」字，聲音響亮，表達著對中稻茁壯成長和早稻成熟的喜悅之情，也表達了對農民辛勤耕耘的讚頌，以及對豐收在望的期待。揚聲者意興高漲，吸引了眾多觀眾，但由於被夜幕遮擋，只聞其聲，於是引出下句。

「**欲照蛙鳴螢火忙，夜深蟬意長**。」螢蟲擎燈而出，想要為蛙的舞臺打上亮光。螢光飛舞，恰似閃閃爍爍、揮舞起來的螢光棒，為這場讚美豐收的演唱會渲染氣氛。「照」字將「鳴之音」與「火之光」結合起來，螢火雖微，但鳴聲嘹亮。「忙」，螢火上下飛舞忙，又隱連著上闋 —— 稻熟將要收割忙。

暑熱不息，生命不歇。「**蟬意長**」，蟬破土而出後，生命短暫，長鳴不捨晝夜。這鳴聲淡定綿長，與興奮歡快的蛙鳴形成了些許對比，為熱烈的場面加入深沉，似乎在說，這一季稻穀要豐收了，但未來還有很多事情不能確定；又似乎在說，晚上的歡唱雖然美好，但曲終散場之後又會是什麼樣的景象呢？「蟬意」與「禪意」諧音，這聲音中又飽含了多少禪意呢？

長相思・小暑

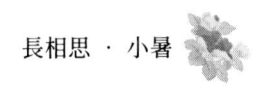

四、節氣

小暑，干支歷午月的結束以及未月的起始，於每年國曆7月6至8日交節。

《千字文》中有「寒來暑往」，指小暑、大暑與小寒、大寒都是直接反映氣溫變化的節氣。小暑的象徵是出梅、入伏。長江中下游梅雨天氣終止，絕大部分地區將進入盛夏高溫季。華南、西南、青藏高原地區處於西南季風雨季中，而長江中下游地區則一般為副熱帶高壓控制下的高溫少雨天氣。

伏日人們食慾不振，往往比常日消瘦，俗謂之「苦夏」，因此很多習俗和飲食有關，如「食新」，即將新割的稻穀碾成米後，做好飯供祀五穀大神和祖先，表示感恩，然後人們吃嘗新酒等。北方也有「頭伏餃子二伏麵，三伏烙餅攤雞蛋」的習俗。

【蟬】

俗名「知了」，古代稱為「蜩」（ㄊㄧㄠˊ），屬昆蟲綱、有翅亞綱、半翅目、頸喙亞目蟬總科，有兩千多種。蟬將刺一

夏之情：繁茂與熱烈

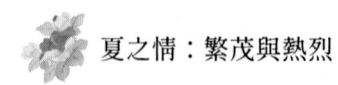

樣的喙扎入樹木吸取液體。蟬只有卵、幼蟲和成蟲三個階段，沒有蛹的狀態。中國蟬在成蟲前的穴居時間為 3～7 年，發育成熟後於 5 月下旬至 8 月下旬破土，垂直抱在樹幹上，蛻殼羽化為成蟲，壽命 23 天至 3 個月。羽化後，雄性蟬就開始「一展歌喉」，依靠腹部鼓膜震動發出聲響；雌性蟬沒有鼓膜，無法鳴叫。

蝶戀花・大暑

早稻搶收栽晚稻。早晚辛勞,只恨時間少。
大暑天籠蒸肉餃,汗流浹背蚊蟲咬。
日照荷塘風正妙。綠葉飄香,紅粉花兒窈。
中稻無邊青渺渺,稻中有道風光好。

〔明〕陳洪綬〈荷花鴛鴦圖〉(區域性)

一、詠唱

烈日炎炎,炙烤大地,早稻田裡,一片金燦燦,稻穗沉甸甸,熟透的早稻等待人們收割;暑熱時分正是晚稻栽種的關鍵

夏之情：繁茂與熱烈

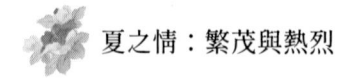

時機。這邊田裡匆匆收割早稻，那邊田裡急切栽插晚稻。

人們向天搶時間，從白天忙到黑夜，從黑夜再忙到白天，收割、插秧，夜以繼日地工作，只恨一天太短，只恐大暑到立秋時間太少。

熱氣蒸騰不止，在天地之間形成一個巨大的蒸籠，蒸燻著萬物。人們彷彿被蒸烤的肉餃，汗水涔涔，溼透衣裳；蚊蟲又凶猛異常，時時叮咬著肌膚，又熱又溼，又癢又痛，令人難受至極。忙碌的人們卻無暇顧及，已忘了渾身癢痛難耐。

烈日照射下的荷塘，是另一番風光：池水溫熱，暑風神妙，正適合荷花生長。荷塘上洋溢著荷葉的清香，荷葉葳蕤，根莖扎在塘水中，圓圓的頭探出水面，幽幽香氣隨著溫熱的風越飄越遠。紅色的、粉色的、白色的、粉中帶白的荷花傍日而開，一朵朵荷花純潔高雅，靜立水中時嫻靜美好，搖曳風中時婀娜多姿。

田裡的中稻，依舊青青翠翠，閒適而泰然，茁壯成長，享受青春的綻放。田中青色，濃郁渺遠，連綿成片，望不到盡頭。

大暑時節，水稻風采各異：中稻青翠仍在生長，早稻金黃已經成熟，晚稻柔嫩還是幼苗。這恰恰蘊含著大自然精妙的安排，都是自然賦予人間的大好風光。

二、詞牌與詞譜

「蝶戀花」原是唐教坊曲，後用作詞牌。關於「蝶戀花」調的來源，學者說法不一。學者公認「蝶戀花」之名採於前人詩句，原以「鵲踏枝」之名列於唐教坊曲。而關於改「鵲踏枝」為「蝶戀花」的作家及作品，則歷來爭議頗多，大致可以分為兩派：一派認為，南唐李煜的〈蝶戀花·遙夜亭皋閒信步〉，易名為「蝶戀花」；另一派認為，北宋晏殊易名（如《欽定詞譜》觀點）。隨著研究的不斷深入，現在大致可以確定是李煜將「鵲踏枝」易名為「蝶戀花」。[17]

「蝶戀花」，又名「鳳棲梧」、「黃金縷」、「卷珠簾」、「明月生南浦」、「細雨吹池沼」、「一籮金」等。該調尤以「鵲踏枝」、「蝶戀花」、「鳳棲梧」使用為多。

「蝶戀花」，共三體，正體為雙調六十字，前後段各五句四仄韻，以五代馮延巳〈蝶戀花·六曲闌干偎碧樹〉為例：

六曲闌干偎碧樹，楊柳風輕，展盡黃金縷。

中仄中平平仄仄，中仄平平，中仄平平仄。

誰把鈿箏移玉柱，穿簾海燕雙飛去。

中仄中平平仄仄，中平中仄平平仄。

---

[17] 關於「蝶戀花」名稱的由來，學界多認為出自梁簡文帝蕭綱《東飛伯勞歌》（其一）中的詩句，詩曰：「翻階蛺蝶戀花情，容華飛燕相逢迎。」後人從詩句中巧取「蝶戀花」三字作為詞牌名，蝶戀花，花亦戀蝶，賦予詞牌名更多詩意和動感，還帶有濃厚的情感色彩。「鵲踏枝」、「鳳棲梧」是「蝶戀花」較常見的別稱。

夏之情：繁茂與熱烈

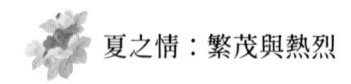

滿眼遊絲兼落絮，紅杏開時，一霎清明雨。

中仄中平平仄仄，中仄平平，中仄平平仄。

濃睡覺來鶯亂語，驚殘好夢無尋處。

中仄中平平仄仄，中平中仄平平仄。

宋代柳永〈蝶戀花・佇倚危樓風細細〉：

佇倚危樓風細細，望極春愁，黯黯生天際。
草色煙光殘照裡，無言誰會憑闌意。
擬把疏狂圖一醉，對酒當歌，強樂還無味。
衣帶漸寬終不悔，為伊消得人憔悴。

三、賞析

　　春末夏初以後，蝴蝶置身花叢，飛舞流連，本就是無邊美景；大暑時節，酷熱難耐，加之「雙搶」的極度疲勞與煎熬，農人更是希冀沐浴春風，眷戀「蝶戀花」這一賞心悅目的景象。詞中亦有荷花，見花更思花兒的美麗使者——蝶。世間有靈之動物與植物相互依存、和諧共生，一如蝴蝶與花、農人與稻，故用詞牌「蝶戀花」。

　　本詞上闋言農人之辛勞，下闋突顯生物之榮昌，描摹了田中勞作的人們與荷花、水稻不同的狀態，整體展現了萬物對大自然的不同感受。

蝶戀花・大暑

「早稻搶收栽晚稻」,「搶」字突顯了大暑時節緊張異常的氛圍。一則「搶收」,大暑至立秋工期緊張,人們突擊收割早稻,手上動作俐落,腳下移動迅速,就是為了早些割盡稻穀,空出田地,好在裡面栽上晚稻;二則「搶栽」,人們爭分奪秒、爭先恐後,在空出的田地上栽插晚稻,好讓早稻、晚稻兩季連作,確保收成。「搶收」與「搶栽」便謂之「雙搶」。

「早晚辛勞,只恨時間少」,人們在「雙搶」中夜以繼日地辛苦勞作,身體上最大的特點是「辛勞」;而心理上最大的感受是「恨」,擔憂時間不夠用,晚稻插晚了,抽穗期遇到寒露風容易受損、倒伏,收成就會大減。一個「恨」字極佳地呼應了首句的「搶」字,進一步強化了人們與天搶時間的意志與努力,寧願付出巨大的辛勞,也要奪取「雙搶」的勝利。

「大暑天籠蒸肉餃,汗流浹背蚊蟲咬」,把早晚辛勞的場景具體化,把細節放大。大暑天勞作,一是溼熱,熱的程度好像籠上蒸肉餃,人們汗流浹背;二是被蚊蟲叮咬,又痛又癢。「蚊蟲咬」蘊含多意,寫盡人們的不屈與堅守:蚊子夜間活動最頻繁,喜歡潮溼、有水的地方,易被人的體熱及運動吸引,因而「蚊咬」一則襯托人們在水田中插秧的溼熱交加、大汗淋漓的細節;二則突顯勞作時間之長,間接顯示人們收割堆堆、選秧插秧至深夜。「蟲咬」則突顯農田泥水中與低空中肆虐而動的場景,泥水中螞蟥吸血本就不易察覺,埋頭插秧的人們更是無暇顧及,只能任憑螞蟥吸血;田中低空盤旋的各種昆蟲也飛撲而

夏之情：繁茂與熱烈

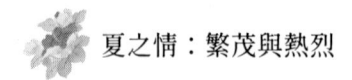

來，種類和數量之多難以言說，只留下處處大包、小包，人們痛癢難耐。這份辛勞如此難耐，但勞作的人們根本顧不上熱氣蒸騰和蚊蟲叮咬，只是咬牙堅持下去。[18]

同一輪日照出不同景象，上闋是日照農田中辛勤的勞動者，充滿艱辛和擔憂；下闋是日照荷塘和稻子，它們充滿生機與活力，與勞動的農人形成鮮明的對比。

下闋首句「日照荷塘風正妙」，「妙」字奠定了下闋的基調。一妙為風光妙：「綠葉飄香，紅粉花兒窈」，綠葉與紅花相映成趣，花香與花色融為一體。二妙為大自然的奧妙：一番暑熱、一番風，日照蒸燻出香氣、照紅了花瓣，熱浪激發荷花生長，風把葉與花不同的香氣傳送到四周、吹動荷花輕舞，太陽與風配合默契，助萬物生長。三妙為農人的心境奇妙：農人即使極度疲憊，也滿含著對美好生活的嚮往，身在稻田，心有好風光，此荷塘光景究竟是幻還是真？恰也暗點詞牌「蝶戀花」。

中稻的無邊渺遠、引人遐想與荷塘的亦幻亦真相承接。「中稻無邊青渺渺」，中稻一片青翠，無邊無際，長勢良好。中稻生育期較長，是單季稻，無須經歷「雙搶」，自是一派悠閒。「渺渺」是悠遠遼闊之意，是遠眺所見之景，此處是宏觀遠景。與前文細節形成遠近對比，與早稻、晚稻和人之忙碌亦形成閒忙之對比。

---

[18] 蚊子白天也活動，但較少。蚊子尋找目標是透過嗅覺和紅外線來感知的，晚上干擾項少，更容易找到目標，感知系統更加準確，覓食效率更高。

蝶戀花・大暑

「稻中有道風光好」，水稻有自身的生長規律：大暑時節早稻已經成熟，成為穀粒，這是成熟飽滿之美；中稻青翠茁壯，這是生機勃發之美；晚稻柔嫩，這是幼嫩且充滿希望之美。「稻」和「道」亦互為諧音，一語雙關，道明水稻中有無窮深意，同時也是自然規律之小小一角，可見自然更是蘊含無窮無盡的道法。

四、節氣

大暑是夏季最後一個節氣，於國曆 7 月 22 至 24 日交節。大暑，指炎熱至極。大暑是一年中陽光最猛烈的節氣，常處於中伏期間，「溼熱交蒸」在此時達到頂點。中國季風氣候表現出雨熱同期的特點，大暑前後，氣溫最高、雨量充沛，是農作物生長最快的時期。[19]

此時，在副熱帶高壓控制下的長江中下游地區，驕陽似火，風小，溼度大，更叫人感到悶熱難安，整個長江中下游地區就是一個大「火爐」。夏季多種作物害蟲活躍，在高溫下施藥防治時更要特別注意個人防護。長江中下游地區在大暑時節正經歷「雙搶」，收割成熟早稻，栽插晚稻。水稻生長週期如下表所示。

---

[19]《月令七十二候集解》說：「暑，熱也，就熱之中分為大小，月初為小，月中為大，今則熱氣猶大也。」《通緯・孝經援神契》說：「小大者，就極熱之中，分為大小，初後為小，望後為大也。」

夏之情:繁茂與熱烈

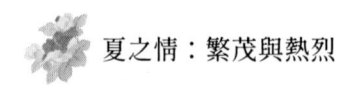

生長規律	早稻	中稻	晚稻
播種	3月底至4月初（清明之前）	4月初至5月底	6月中下旬（6月底至7月初）
插秧	4月底至5月初		7月中下旬（立秋前完成）
成熟	7月中下旬	9月上中旬	10月上中旬
收割	立秋前完成	9月中下旬	10月下旬至11月初
生育期	較短，90～120天	較長，150～170天	120～150天
其他	早稻與晚稻連種，俗稱「雙季稻」。7月下旬至8月上旬這段時間稱為「雙搶」。	一年種植一季	

資源來源：筆者整理。

大暑時節有晒伏薑保健、喝茯茶袪暑、燒伏香祈福等習俗，還有鬥蟋蟀、送「大暑船」出海等活動。

【蚊】

　　雙翅目、蚊科、蚊屬小型昆蟲。蚊體細長，分頭、胸、腹三部分，呈灰褐色、棕褐色或黑色。蚊為完全變態發育：常在植物茂盛的水中繁殖，卵單個產於水面，孵化為水生幼蟲（孑孓）；蚊蛹與大多數昆蟲不同，能活動，靠胸部的呼吸管呼吸；成蚊從蛹殼鑽出後立即交配。雌蚊多數需吸血一次後體內的卵才成熟；雄蚊食花蜜和植物汁液，雌蚊有時亦食。蚊子的壽命依種類而異，一般為 2～4 週。蚊的叫聲是翅的快速搧動引起的。蚊易被寄主的溼氣、乳酸、二氧化碳、體熱及運動吸引。按蚊屬是傳播瘧疾的唯一媒介，還傳播絲蟲病和腦炎等疾病。

夏之情：繁茂與熱烈

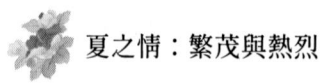

秋之思：
收穫與離別

秋之思：收穫與離別

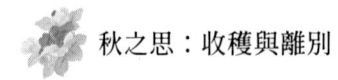

江城子・立秋

　　立秋荷葉滿塘香，綠流觴，意輕狂。

　　粉嫩荷花，綠葉作衣裳。

　　玉立蓮蓬清水漾，風拂面，日吹光。

　　汙泥濁水藕莖昌，體肥長，貌囂張。

　　負重爬行，空腹抒飢腸。

　　潔白留心傳氣節，承苦難，送芬芳。

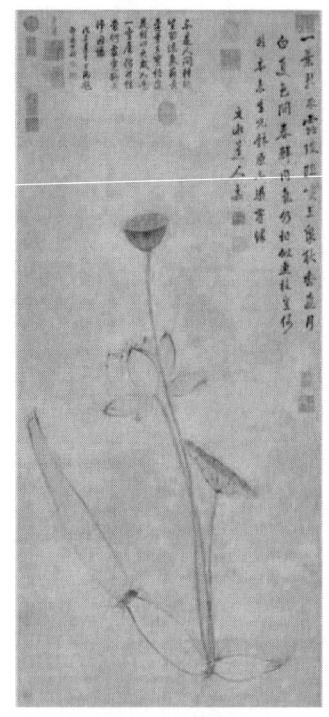

〔明〕文嘉〈蓮藕淨因軸〉

江城子・立秋

一、詠唱

　　一汪秋池碧水中，荷葉亭亭而立，綠莖搖曳，散發清香，充溢整片荷塘。葉片凝翠浮綠，濃色欲流。風慕翠而來，翻動荷葉，連連不休，好似碧杯流轉，放醉縱酣，意動難收。

　　綠葉如此妖嬈，身處荷花之下，正好做她的衣裳。荷花身著碧羅裙，面龐淡點胭脂，粉色窈窕，玉潔冰清，疏麗的倩影，映畫在池塘上。

　　蓮蓬亭亭秀立，更出於花葉之上。荷葉是她的玉扇，荷花是她的從伴，蓮蓬的倒影驚動了池水，惹得漣漪泛起，心神蕩漾。天上太陽，慢吐日光，溶溶點點，輕撫她的容顏。

　　水上風荷，如夢如痴。水下蓮藕，可有誰知？

　　四周汙泥濁水，日夜侵襲。蓮藕汲取養分，一分一毫，日累月積，才長得三尺軀臂，體大肢肥。際遇造就了藕彪悍的模樣，看似蠻橫不講理，自大又狂妄。

　　身上壓著泥漿，腹中轆轆作響，趴在池底動彈不得，搜腸刮肚，忍受飢涼。

　　蓮藕其貌不揚，心地潔白如玉，胸中慷慨滿正氣，身骨懷節不屈。甘受壓迫與冷眼，勤勤懇懇，默默無聞，撐起水上荷塘，送出一片芬芳。

117

秋之思：收穫與離別

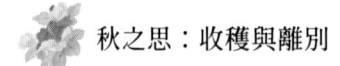

二、詞牌與詞譜

「江城子」起源於晚唐五代時期的行酒令，在筵席上流行，又名「江神子」、「村意遠」、「水晶簾」。「江城子」之「江」為長江。沿長江興起的一些城市，如重慶、武漢、南京等都被人以「江城」稱呼。據考，詞牌中的「江城」可能始指南京。早在五代後蜀，歐陽炯就用「江城子」填詞，詞以「如西子鏡，照江城」結尾，正與詞首「晚日金陵岸草平」中的金陵（南京）對應，故清代的李良年在《詞家辨證》說，歐陽炯還原了詞調的本意。

在韋莊的《花間集》以及其他晚唐五代留存下來的詞中，「江城子」為單調，有四體。雙調至宋朝得到普及。

「江城子」，雙調七十字，前後段各七句五平韻，以宋代蘇軾〈江城子‧江景〉為例：

鳳凰山下雨初晴，水風清，晚霞明。

中平中仄仄平平，仄平平，仄平平。

一朵芙蕖，開過尚盈盈。何處飛來雙白鷺，如有意，慕娉婷。

中仄中平，中仄仄平平。中仄中平平仄仄，平中仄，仄平平。

忽聞江上弄哀箏，苦含情，遣誰聽。

中平中仄仄平平，仄平平，仄平平。

江城子‧立秋

煙斂雲收，依約是湘靈。欲待曲終尋問取，人不見，數峰青。

中仄中平，中仄仄平平。中仄中平平仄仄，平中仄，仄平平。

蘇軾〈江城子‧密州出獵〉：

老夫聊發少年狂，左牽黃，右擎蒼，錦帽貂裘，千騎卷平岡。

為報傾城隨太守，親射虎，看孫郎。

酒酣胸膽尚開張，鬢微霜，又何妨！持節雲中，何日遣馮唐？

會挽雕弓如滿月，西北望，射天狼。

三、賞析

用「江城子」，意起於長江沿岸，流域周圍多有荷塘，分布在城內、城外，每值立秋，風景絢爛，美不勝收。詞從美景入手，上闋寫水上荷塘風物，富麗招搖；下闋轉寫水下蓮藕，忍辱負重，默默奉獻，平凡之中顯擔當。

上闋句意有三個遞進。

「立秋荷葉滿塘香」，「立」字顯示出荷葉擢立於秋，直從水中而起的姿態。立秋是秋季節氣的開端，但暑熱未減，草木依然茂盛，更有荷「不受梧桐一葉秋」，正值生長開放與欣賞的佳

秋之思：收穫與離別

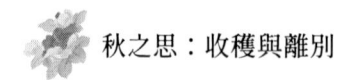

期。荷塘畫中含香，荷葉鋪展在池塘之上，清香充盈溢位，迎面而來。[20]

「綠流觴，意輕狂」，由「物」轉「意」。前半句已有一個「滿」字，仍不足，要痴醉癲狂起來，這是句意第一進。「流」，片片荷葉，浮起翠波，翻起碧浪，好似件件酒盞，如「曲水流觴」般，盛滿綠意，暢快流轉。此句明寫「綠意」，暗寫「風情」，風撩葉，葉撩人。

「粉嫩荷花，綠葉作衣裳」，句意第二進。荷葉香色俱佳，快意歡悅，但與荷花並列，便化身為荷花的青衣碧裙。荷花凌波而起，獨立自恃，顏色粉紅嬌嫩，美如天仙。此句雖以綠葉配紅花，但並非偏倚荷花。荷葉美，荷花美，美上加美，如經緯一般交織出錦繡圖畫。

「玉立蓮蓬清水漾，風拂面，日吹光」，句意第三進。荷葉妖嬈、荷花嬌美，仍難盡一塘風光。於是，蓮蓬「玉立」，含著蓮子亭亭出場，明亮、高貴。「漾」，秀影映照在水上，水也動起了心瀾；「拂」，風也著了迷，似乎棄了荷葉、荷花，溫柔轉投而來；「吹」，周圍散落日光，泛著點點金霞，輕輕地，為蓮蓬籠出一身的寵愛。

上闋不單是荷葉、荷花、蓮蓬，連同水、風、波、光，虛實交疊，荷塘夢幻，彷彿不食人間煙火。

---

[20] 明代李維楨〈立秋日九龍溝觀蓮〉云「相看菡萏千花色，不受梧桐一葉秋」。

江城子・立秋

　　下闋色彩從賞心悅目發生劇烈變化，與上闋形成強烈反差。下闋本身為一大轉，闋內又有三個轉折。

　　「汙泥濁水藕莖昌」，藕與葉、花本屬一體，但境遇天差地別。荷塘之上「水佩風裳、和風吹光」，一派華麗張揚；而藕居下，只能面對「汙泥濁水」，環境汙濁，雜亂險惡。但「昌」字點題，為闋內第一轉：逆境不但沒有使藕喪氣，反而為藕所用，從而生長壯大。「昌」字形神兼備，藕的豐茂，是形象，更是意志。

　　「體肥長，貌囂張」，「肥長」和「囂張」進一步從細節承接「昌」。藕的外形，長如鏈，肥如棒，灰頭土臉，與荷葉、荷花、蓮蓬相比，可謂美女與野獸之別。藕生活在底層，生長在泥中，惡劣的環境塑造了藕的樣貌，使藕多了幾分霸道、粗野。

　　「負重爬行，空腹抒飢腸。」此為第二轉。藕看似強壯野蠻，生活卻充滿艱辛。「負」，身體上背負著「汙泥濁水」的外在壓力，精神上也擔負著將荷葉、荷花、蓮蓬撐起的心理壓力，雙重壓迫下只能「爬行」，委屈、鬱悶，想自由舒展而不可得。「抒飢腸」，藕內部中空，有一個個的通道，如空腸待充。在前兩重壓力下，窮困又加一重，正對應下句「苦難」。對蓮藕而言，生活與命運猶如一場頑強的苦鬥，與上闋輕盈、光鮮、歡快相比愈加懸殊，也更加突顯後句的深意。

秋之思：收穫與離別

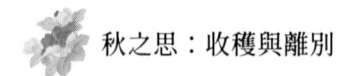

「潔白留心傳氣節，承苦難，送芬芳」，尾句第三轉，藕質地潔白，面對重重困厄，仍始終保留著純淨的心地。「**傳氣節**」，氣節是蓮藕本身的物理形態，體上有節，內部孔洞與花葉相連，用以通氣。言及氣節，常提到竹，但藕的氣節實可與竹相比。竹是往天上看，藕是沉在泥裡。竹要自己登高，而藕擴展自己，是為了托舉起荷葉、荷花、蓮蓬，使之能高高站立，散發清香。

尾句為藕立「**心**」，也為藕辯「**節**」。「**承苦難**」的「**承**」字與前文「**負重**」的「**負**」字不同。後者因生於汙泥而不得不負；前者則是明確了自己的路，甘於承受，勇於承擔。此為立心。詞尾「**送芬芳**」與詞首「**滿塘香**」呼應閉合，而「**送**」字，可見藕傾情不拘的胸襟。水懷玉則川媚，藕恰如荷塘的玉髓。蓮花勝境由藕撐起，滿塘荷香自藕所出。只是藕自己，隱於池底，深藏身與名。身處低處而內心高潔，限於逆境而胸懷擔當，助利他者而不爭名聲，踏實奉獻而不言放棄，歷經苦難而痴心不改，此為真氣節。[21],[22]

四、節氣

立秋，於每年國曆 8 月 7 至 8 日交節，是秋季的起始。

「立」，是開始之意；「秋」，意為禾穀成熟。立秋是陽氣漸

---

[21] 晉代陸機《文賦》。
[22] 藕別名「蓉玉節」、「玉玲瓏」、「玉筍」、「玉臂龍」等，皆帶「玉」字。

江城子・立秋

收、陰氣漸長,由陽盛至陰盛的轉折。在自然界,萬物開始從繁茂生長趨向成熟。

立秋是二十四節氣中僅次於大暑、小暑的第三熱節氣,《清嘉錄》裡說「預先十日作秋天」,即形容實際的涼爽秋天還要再等上十來天。立秋與立春、立夏、立冬並稱「四立」,也是古時「四時八節」之一。在周代,逢立秋日,天子親率三公九卿諸侯大夫到西郊迎秋,舉行祭祀儀式。《後漢書・祭祀志》載:「立秋之日,迎秋於西郊,祭白帝蓐收,車旗服飾皆白。並有天子入圃射牲,以薦宗廟之禮……殺獸以祭,表示秋來揚武之意。」皇帝以白衣白旗祭白帝,是認為秋「在地為金,在色為白」,白色泛指明亮的顏色。[23]

立秋是農家重視的大節氣,有「立秋開頭坐一坐,來年春天要挨餓」的俗諺,提醒人們加緊農事勞作,奪取豐收。

---

[23] 引清代李福〈偶得吳諺成詩〉:「梧桐滿院綠陰連,引得新涼到枕邊。細雨斜風幾番過,預先十日作秋天。」

秋之思：收穫與離別

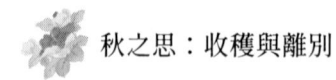

清平樂・處暑

避暑處暑，日挽秋風住。
莫道南移三兩步，天上人間重布。
樹靜蟬泣何分？荷默蛙咽誰聞？
稻穀田中金浪，棉花地裡銀雲。

〔宋〕佚名〈柳院消暑圖頁〉

一、詠唱

氣溫燥熱難耐，何處可覓清涼，天下生靈都急欲躲避酷暑。連天上太陽，也想把秋風牽挽，留在身邊，好吹散騰騰的熱氣。

清平樂・處暑

日光照射點往南移動，只需輕輕挪動兩三步，別以為步小，將要天翻地覆。天上星辰要改變分布，世間事務將重新布局。

樹木不再生長，樹林開始收起聲響，葉落無語，只有寒蟬悲泣，不忍彼此分離。荷花香消玉殞，殘荷暗默，偶爾兩三蛙聲微微弱弱，沙啞如咽，不復有誰聽。

荷塘之外，微風正吹過稻田，波浪翻滾，隨風躍金。棉田吐絮，朵朵似銀，白白亮亮，猶如天上雲兒，輕輕柔柔，鋪滿棉田。

二、詞牌與詞譜

「清平樂（ㄩㄝˋ）」，原是唐代掌管宮中歌舞等演出的「教坊」中所用的曲名，為宋詞常用詞調。「清平樂」調名之來源歷來說法不一。《詩話總龜》引北宋僧仲殊〈南歌子〉詞：「解舞清平樂，而今說向誰？」通常認為，此調取用漢樂府「清樂」、「平樂」這兩個樂調而命名。

《花菴詞選》中又名「清平樂令」；因張輯詞有「憶著故山蘿月」句，又名「憶蘿月」；因張翥詞有「明朝來醉東風」句，又名「醉東風」。

「清平樂」，有三體，正體雙調四十六字，前段四句四仄韻，後段四句三平韻。如五代李煜〈清平樂・別來春半〉：

秋之思：收穫與離別

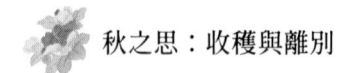

別來春半，觸目愁腸斷。砌下落梅如雪亂，拂了一身還滿。

中平中仄，中仄平平仄。中仄中平平仄仄，中仄中平中仄。

雁來音信無憑，路遙歸夢難成。離恨恰如春草，更行更遠還生。

中平中仄平平，中平中仄平平。中仄中平中仄，中平中仄平平。

宋代黃庭堅〈清平樂・春歸何處〉：

春歸何處？寂寞無行路。若有人知春去處，喚取歸來同住。

春無蹤跡誰知？除非問取黃鸝。百囀無人能解，因風飛過薔薇。

三、賞析

「清平」寓意自在、平淡。本詞上闋寫天變，下闋寫物變，星移物換，天地涼熱，都按自然規律來變，簡潔而純粹，都在「清平」之中。

「避暑處暑，日挽秋風住。」處暑屬於秋的節令，但「暑」還有餘威，熱氣繼續折騰。經過幾個月的炙烤，又捱過悶熱的三伏，世界苦暑久矣，都等待著秋風送爽。此時，甚至連太陽自

清平樂 · 處暑

己都覺燥熱,想清涼一下,於是「挽」、「住」秋風:秋風的氣息吹起,終盼來了這一絲久違的涼爽,多想與清風再共處一會兒。

「莫道南移三兩步,天上人間重布。」當世間眾物還處在酷熱難耐之中時,都盼著太陽稍稍往南移一移,即使只有兩三步,氣候也將大為不同。從立秋到處暑,太陽直射點南移雖只有幾個刻度,但「暑」在此終結。「重布」有兩意:一是氣候格局的變更,太陽移動一小步,世間變化一大步;二是隨著處暑的來臨,不同事物的命運也發生了變化,進而引出下闋。

下闋以聽覺起筆,以視覺收尾,曲調前悲後喜。自然規律不可抗拒,世間生靈順時、逆時,去留各異。

「樹靜蟬泣何分?」蟬的鳴叫之前還響徹林間,「重布」之後很快便不再聒噪。尾聲落幕,樹木也漸漸安靜了,蟬喧變成了蟬泣,高亢轉為沙啞,分離的時刻也來到了。「何分」,反問中,帶著幾分淒涼憂愁,卻又無可奈何,暗示著暑天的能量與蟬的氣力已經耗盡,都將離場。

「荷默蛙咽誰聞?」與上句工對,「荷默」對「樹靜」,「蛙咽」對「蟬泣」。「默」,荷花哀其花期已過,不復能追,唯有默默無語。「咽」,秋氣逐漸沉降,阻塞了蛙的歡歌,再過不久,牠們將在洞穴中陷入沉眠。「誰聞」,聲弱而不能被聽見,抑或牠們的聲音故意被忽視,因為世界已轉移注意力,期待著農田的豐收了,於是引出尾句。

秋之思：收穫與離別

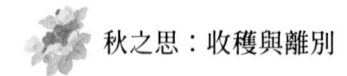

「稻穀田中金浪，棉花地裡銀雲。」兩句亦是工對。「秋」字由「禾」和「火」組成，禾穀成熟，金色似火，但不再炎熱，豐收的色彩在熱切地激盪。這邊稻子已成熟，那邊棉花也綻開，「銀雲」虛實並寫：天空中朵朵白雲凝出，風清氣爽；棉地中，棉花輕柔溫軟，就像連綿的雲，亮白如銀。經過了一年的辛勤勞作，最踏實的莫過於在冬天之前，糧倉貯滿穀子，家裡有棉衣棉褥。豐衣足食看似乎凡，卻要依從自然的節律，勤加努力才能帶來收穫，這也是最真實無虞的幸福。

四、節氣

處暑，於每年國曆 8 月 22 至 24 日交節。「處：止也，暑氣至此而止矣。」處暑後太陽直射點繼續南移、太陽輻射減弱、副熱帶高壓南退，隨著太陽高度的繼續降低，太陽輻射也隨之減弱，意味著炎熱的酷暑到了尾聲。處暑後，氣溫由炎熱向寒冷過渡，「漸有新涼遞好秋」。

處暑時節，農作物即將成熟，俗諺「處暑滿地黃，家家修廩倉」，農家又開始了繁忙的秋收：苧麻要收，棉花要摘，芝麻要拔，還要翻地種蘿蔔、採摘晾晒金針花，舊時農家紛紛舉行各種儀式拜謝土地爺。處暑在時間上與中元節接近，節氣習俗中也融入了一些祭祖思古的活動，比如，臨水的地方常有放河燈的習俗。此俗源於佛教盂蘭盆會，寓意告慰亡靈、報養父

清平樂・處暑

母之恩，後來又加入祈禱親人安康、稻穀豐收的心意。

對漁民而言，處暑以後將迎來漁業大豐收。此時，海水偏暖，魚蝦貝類發育成熟，人們可以大飽口福，盡情享用各種鮮美的海鮮美食。沿海地區在處暑節氣前後舉行開漁節，慶祝三個多月禁漁期的結束，歡送漁民出海。

【棉花】

棉花是錦葵科棉屬植物的種子纖維，原產於亞熱帶。宋朝以前，中國只有帶絲旁的「綿」字，沒有帶木旁的「棉」字。棉花在宋元之間透過陸海兩路傳種於中國。棉花是一年生草本，高 0.6～1.5 公尺，葉闊卵形，植株灌木狀。花朵乳白色，開花後不久轉成深紅色然後凋謝，留下綠色小型的蒴果，稱為「棉鈴」。棉鈴內有棉籽，棉籽上的茸毛從棉籽表皮長出，塞滿棉鈴內部，棉鈴成熟時裂開，露出柔軟的纖維。當前，棉花產量最高的國家有中國、美國、印度等。

秋之思：收穫與離別

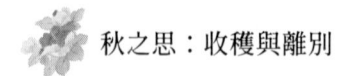

訴衷情・白露

風賦，秋訴，邀白露，雁南飛。黃大麗，丹桂，素薔薇。菊豔葉枝稀，依依。攜清風玉暉，盡芳菲。

〔清〕邊壽民〈蘆雁圖〉

訴衷情・白露

一、詠唱

　　風颯颯而來，涼爽而清透，為天空擦出明淨的面龐，眼見秋天五彩斑斕，不禁想作詩讚美。秋天自有一番滋味，想盡情傾訴，思來想去，欲找白露訴說。

　　盈盈白露，嫻靜明亮，應約而來；雲中的大雁，此時正要告別，飛往溫暖的南方。

　　大麗沾露，催綻出金黃色的花朵；桂花沐風，浮動著醉人的薰香。蘆荻和薇草換上了素衣裳，荻花飄絮如霜，草莢顏色蒼蒼，隨風輕輕搖晃。

　　菊花正弄妝，絢爛豔麗的霞冠高高頂起，更加襯托得枝消葉瘦，好似在起身探望，吐露著不捨的相思。

　　清風吹過，太陽放出明亮的光芒，露水也折射出珠玉般的光彩，秋色如此美麗。攜抱著和風麗日，綻出花海，香飄四野，把秋的顏色渲染到天邊。

二、詞牌與詞譜

　　龍榆生《唐宋詞格律》說「訴衷情」為唐教坊曲，並由溫庭筠取〈離騷〉中「眾不可戶說兮，孰云察余之中情」之意創制此調。如詞牌名本義，〈訴衷情〉詞大多是古人的情話。另有平韻格變體流傳亦廣，其名或因黃庭堅曾詠漁父生活而名「漁父家

秋之思：收穫與離別

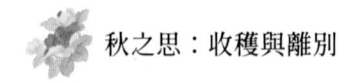

風」，或因賀鑄詞名「畫樓空」等。

「訴衷情」，共五體，正體單調三十三字，十一句五仄韻、六平韻，以唐代溫庭筠〈訴衷情‧鶯語〉為例：

鶯語，花舞，春晝午，雨霏微。金帶枕，宮錦，鳳凰帷。

平仄，平仄，平仄仄，平平平。平仄仄，平仄，平平平。

柳弱燕交飛，依依。遼陽音信稀，夢中歸。

中仄仄平平，平平。中平平仄平，仄平平。

宋代陸游〈訴衷情‧當年萬里覓封侯〉（變體一）：

當年萬里覓封侯，匹馬戍梁州。關河夢斷何處？塵暗舊貂裘。

胡未滅，鬢先秋，淚空流。此生誰料，心在天山，身老滄洲。

三、賞析

「訴衷情」，種種秋興秋思欲向白露傾訴，並借飛鳥、花草等一一道來，其中韻味深沉雋永。

「風賦，秋訴」，「賦」，意興所至，不禁吟詠讚美。白露時，秋天漸漸步入佳境，秋高氣爽，多彩斑斕，當清風吹過時，也忍不住想要賦詩。「訴」，句意稍轉，風欲讚秋，而秋自有豐富的心思和意趣，想找個貼心的對象傾吐，引出下句。

訴衷情・白露

「邀白露，雁南飛。」「邀」，白露晶瑩透亮，純粹潔淨，能了知秋的心意，並確切地向外傳達，故秋約請白露想對之訴說。於是夜晚凝結水氣，露水化出。「白」、「露」也可理解為表白之「白」、透露之「露」，與「訴」可謂自成一對，意境巧妙。下半句「雁南飛」，情節再轉。「飛」字，說候鳥感知到風向轉變，準備遷徙。古人說，白露一出，「氣始寒也」，氣溫越發寒冷，大雁不得不暫離此地。白露先接收到了秋的心意，而大雁沒顧著聽，便飛去南方了。首句將天地節律變化的蹤跡落到細微之處，既有畫面感又有故事，寫秋天多情多彩，饒有趣味。天上的大雁先走一步，於是白露便落到地上的草木身上，[24]

傳達秋的心思。視角也由上轉而至下。

「黃大麗，丹桂，素薔薇。」大麗花有諸多顏色，黃色的大麗與秋更為應景。大麗花既畏酷暑又不耐寒，此時天氣中和了暑熱和寒涼，促進了大麗花的繁盛。黃色同時又是菊之色，與下句「菊」相輔，兩者互影，雅俗兼得。丹桂浸露而紅，馨香瀰散在空氣中，把秋的心思轉化成可嗅的香氣，傳給世間。蘆荻和野豆常常伴生，入秋變素，或者生出一簇簇白花，或者豆滿而莢黃，枝葉漸漸發灰。作為草本植物，它們的生命雖然短暫，但隨著季節自然而然展現出生命的本色。在這句中，有

---

[24] 元代吳澄《月令七十二候集解》。

秋之思：收穫與離別

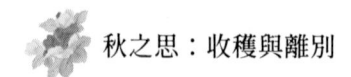

「[25]黃」、「丹」、「素」塗描，顏色層次豐富，點染出初秋迷人的色調，也顯示出此時物歸其類、安命樂天的情態。

「菊豔葉枝稀」，此為三訴。白露轉向菊，讓菊豔麗起來；菊的枝葉稀疏，似乎也要把精力都傳遞給花朵。菊，花之隱逸者，適冷吐蕊，凝寒抱香，在百花將寂的時候，彷彿是一束煙火，充盈枝頭，為秋天點睛。「[26]豔」與「稀」相對，一顯一隱，一進一退，更顯菊花獨立、熱烈的姿態，其中的節奏感和層次感，與秋天外在熱烈、實則內斂的氣質同頻，更能展現秋的巧思。

所有傾訴，含在「依依」二字裡。其中有依戀與不捨，與前述「雁南飛」呼應。「依依」之中，還有溫柔的盼望和希冀，如李陵〈答蘇武書〉中說：「望風懷想，能不依依？」伴隨著向外的眺望，引出結尾。

「攜清風玉暉，盡芳菲」，詞行至此，前面婉轉的氣息化為讚嘆，長呵而出。「攜」，是彼此牽挽的意興；「盡」，是全然綻開的明媚。此句結尾，意境開闊，亦與詞首相應。清風吹動了秋思，日光穿透了雲層，白露也被映照得愈加清淨明亮，朗潤之氣湧出。白露就像秋天的精靈，將視野和境界拓展到天高地遠之處，其中芳菲遍野，盎然秀麗，處處彰顯純粹，勃發生機。

---

[25] 《詩經·采薇》中「采薇采薇，薇亦作止」，講述戍卒回憶採集野豌豆備糧充飢的生活。野豌豆花期 6 月，籽熟於夏末秋初，常常與蘆荻並生。古時，薇是民間百姓常吃的一種野菜，被稱為「救荒草」，荒年期間食以救荒。《史記·伯夷列傳》載：「武王已平殷亂……伯夷、叔齊恥之……隱於首陽山，采薇而食之。」說的是殷商的伯夷、叔齊隱居山野，採食野豌豆，不仕周朝的典故。

[26] 宋代周敦頤〈愛蓮說〉，「予謂菊，花之隱逸者也」。

訴衷情・白露

四、節氣

白露，於國曆9月7至9日交節。《黃帝內經・素問，六元正紀大論》說：「草木凝煙，溼化不流，則白露陰布，以成秋令。」古人以四時配五行：「秋屬金，金色白，白者露之色，而氣始寒也。」白露是孟秋時節的結束和仲秋時節的開始，其序在中，意在相續。此後，元氣逐漸轉涼，白晝有陽光尚熱，但傍晚後氣溫很快下降。

古人在白露時節，喜在晨起收集露水，《本草綱目》說：

「煎如飴，令人延年不飢。」在這個時節，農民忙著收穫農作物，正所謂「搶秋搶秋，不搶就丟」。諺語說：「白露白迷迷，秋分稻秀齊。」這段時間前後，若有露水，隨後晚稻成熟就會有一個好收成。

【大麗花】

別名「大理花」、「天竺牡丹」、「東洋菊」、「大麗菊」，菊科、大麗花屬植物，多年生草本，有巨大棒狀塊根。莖直立，

135

秋之思：收穫與離別

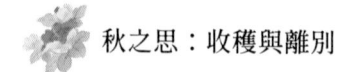

多分枝，高 1.5～2.0 公尺，粗壯。原產於墨西哥，墨西哥人把它視為大方、富麗的象徵，因此將它尊為國花，目前世界多數國家均有栽植。大麗花花色、花形譽名繁多，是世界名花之一。大麗花可活血散瘀，有一定的藥用價值。

【丹桂】

常綠灌木，雌雄異株，樹冠為圓球形。樹皮淺灰色，較平滑，皮孔稀疏。葉革質，長橢圓形，葉面較平整，葉緣反捲。秋季開花時，花色較深，橙黃色、橙紅色至硃紅色，香氣濃郁。原產於中國西南部，現各地廣泛栽培。弱陽性，喜溫暖溼潤氣候。主要品種有大花丹桂、齒丹桂、硃砂丹桂、寬葉紅等。唐代段成式所撰《酉陽雜俎（ㄗㄨˇ）》記載「吳剛伐桂」的故事，在民間廣泛流傳，因此桂樹也成為「月亮」的代稱。唐代宋之問〈靈隱寺〉中有「桂子月中落，天香雲外飄」的著名詩句，故後人亦稱桂花為「天香」。

【蘆荻】

《詩經·秦風》有:「蒹葭蒼蒼,白露為霜。所謂伊人,在水一方。」蒹葭(ㄐㄧㄢ ㄐㄧㄚ)指的是蘆葦、蘆荻一類植物。蘆荻:禾本目禾本科蘆竹屬草本植物,生於山坡草地和平原崗地、河岸溼地。地下莖短縮、粗壯,葉片披針形,圓錐花序自頂而生,穗狀呈掃帚狀,9至12月為花果期。白居易〈琵琶行〉中有「楓葉荻花秋瑟瑟」,荻花在古詩詞中是秋天的代表花卉之一。

秋之思：收穫與離別

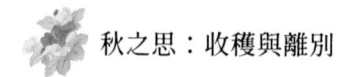

桂殿秋・秋分

圓月夜，正秋分。星光照月月照雲。
遙觀桂殿嫦娥舞，哪管扶桑日獻殷。

〔南宋〕劉松年〈嫦娥月宮圖〉

一、詠唱

圓月高高懸掛，將皎潔柔和的光芒灑向大地，萬物披上了一層薄紗。恰逢秋分時，月亮逐漸主宰天空，展露風采的時間更長。

桂殿秋・秋分

夜幕中，那若隱若現的星光和漸聚漸散的晚雲，張開了臂彎，擁抱月亮，在漫漫長夜中互相照望。

天地萬物承接似水清輝，遠遠駐足，遙遙凝望，共襄盛會，欣賞著嫦娥仙子翩躚舞姿，希望良宵長在、黎明遲來，哪裡顧得上扶桑樹上久等的太陽？

二、詞牌與詞譜

「桂殿秋」，據唐代李德裕詞中「桂殿夜涼吹玉笙」句，取為調名。

「桂殿秋」僅一體，為單調二十七字，五句三平韻。以宋代向子諲（一ㄣ）〈桂殿秋・秋色裡〉為例：

秋色裡，月明中。紅旌翠節下蓬宮。蟠桃已結瑤池露，桂子初開玉殿風。

平仄仄，仄中平。中中仄中中中平。平平仄仄平平仄，仄仄平平仄仄平。

清代朱彝尊〈桂殿秋・思往事〉：

思往事，渡江乾，青蛾低映越山看。
共眠一舸聽秋雨，小簟（ㄉㄧㄢˋ）輕衾各自寒。

秋之思：收穫與離別

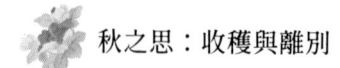

三、賞析

桂殿秋色謂之「桂殿秋」，本詞所繪秋分日圓月夜，天上人間共賞桂殿的景象，正契合該詞牌。

「圓月夜，正秋分。」此詞作於 2021 年 9 月 23 日（農曆八月十七），正值中秋節剛過，還能觀看圓月如盤的景象。「秋分」一詞有兩種含義：一指平分秋季，二指平分晝夜。隨著後續夜晚時間變長，月亮在天空中「露臉」的時間也更長了。

「星光照月月照雲。」「照」有兩層含義：一是照耀、照亮，指光芒在星、月和雲之間映照；二是關照、照顧，指夜晚時間更長之後，以月亮為主體，與星光、晚雲之間可以相互有更多的照顧和關懷。夜空浩瀚，星光、月亮、晚雲相互依偎，是攜手相伴、相互慰藉的寫照，構成了秋分日和諧共生、美美與共的畫面。

「遙觀桂殿嫦娥舞，哪管扶桑日獻殷。」「桂殿」代指月宮，傳說嫦娥所居廣寒宮處有桂樹，故以桂殿代指月宮。[27]「扶桑」，傳說中的一種神木，太陽每天攀緣扶桑樹升起。[28]「獻殷」即「獻殷勤」，是說秋分日後，夜漸長，晝漸短，陽逐步讓位於陰，萬物將關注點轉向月亮，太陽想挽回它們，表現出示好的姿態。

---

[27] 元代薩都剌〈和馬伯庸除南臺中丞時仆馳驛遠迓至京復改徽政以詩贈別〉：「桂殿且留修月斧，銀河未許度星軺（一ㄠˊ）。」
[28] 戰國楚屈原《楚辭・九歌・東君》云：「暾（ㄊㄨㄣ）將出兮東方，照吾檻兮扶桑。」王逸注：「日出，下浴於湯谷，上拂其扶桑，爰始而登，照曜四方。」

此句構思巧妙，天上人間承接圓月清輝，欣賞嫦娥起舞，此時太陽雖然竭力想取悅生靈，但它們只顧著欣賞月宮中嫦娥仙子的舞姿，把太陽冷落在一旁。秋月之美，令世間醉心。

月亮的陰晴圓缺、朔望新滿，對地球產生的重要影響，不亞於太陽。月亮的變化也會影響潮汐，從而影響江河湖海。仲秋更是秋收、秋種、秋耕的「三秋」時節。熱愛月亮，正是熱愛生命、熱愛自然本身。

四、節氣

秋分是秋季第四個節氣，於國曆 9 月 22 至 24 日交節。太陽在這一天到達秋分點，幾乎直射地球赤道，全球各地晝夜等長。

《春秋繁露》載：「秋分者，陰陽相半也，故晝夜均而寒暑平。」秋分過後，北半球各地開始晝短夜長，故秋分也稱「降分」。

古代有「春祭日，秋祭月」習俗，秋分曾是「祭月節」。

《國語・魯語》載：「天子少采夕月。」三國韋昭註解，「夕月以秋分……少采，黼（ㄈㄨˇ）衣也」，即祭月要穿著一種繡著黑白斧形花紋的特定禮服。不過，因秋分日不一定能碰上圓月，此時祭月無月則顯得不合時宜，後來「祭月節」由秋分日演變至中秋，逐漸成為民間重大的節日。

秋之思：收穫與離別

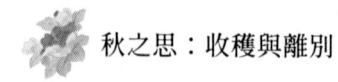

秋分期間，北方地區開始播種冬麥，長江中下游地區則忙於收割晚稻，搶晴翻耕土地，準備播種越冬油菜。中國各地農產品種植種類和收穫時節有所不同，但大部分農產品主要集中於秋季收穫。

醉花陰・寒露

一滴寒露千萬事，朵朵黃花繫。

幾個識黃花？不解風情，總把花兒戲。

有緣得遇何須避？留與今生示。

盼得歲重來，天賜良機，莫讓機流逝。

〔明〕項聖謨（ㄇㄛˊ）〈菊花竹石圖〉（區域性）

秋之思：收穫與離別

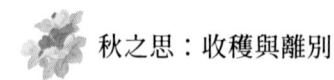

一、詠唱

寒露滴滴，趁涼夜而出，明亮而透澈。古往今來，大千世界，萬般諸事在一滴小小的寒露中含藏。

秋風輕拂，黃花在枝頭綻放，含笑送香語。朵朵黃花合抱成趣，伸枝展葉，承蒙寒露點撥，憶起前塵往事。可有識花者，解花語，懂花情？賞花者不曉前世今生種種緣，無情易去，留黃花多情無辜，總被戲弄。

緣起緣滅總匆匆，相逢機遇難得，何須託避？黃花舒枝展瓣，知今生倉促，更應將未盡緣分傾情相示。

哪怕此季相逢而未相知，仍希盼年歲重來，有緣逢遇，黃花再為賞花者吐露心語，訴千萬事，不讓兩者相逢機緣流失。

二、詞牌與詞譜

「醉花陰」，詞牌名，又名「醉春風」、「醉花去」。此調首見於宋代毛滂詞，因詞中有「人在翠陰中」句，取其句意為詞調名。

「醉花陰」詞牌格律統一，無變體，雙調五十二字，前後段各五句三仄韻。以宋代毛滂〈醉花陰・孫守席上次會宗韻〉為正體，格律如下：

檀板一聲鶯起速。山影穿疏木。人在翠陰中，欲覓殘春，

醉花陰・寒露

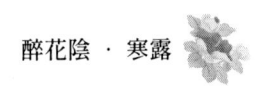

春在屏風曲。

中中中中平中仄。中中平中仄。中仄仄平平,中仄平平,中仄平平仄。

勸君對客杯須覆。燈照瀛洲綠。西去玉堂深,魄冷魂清,獨引金蓮燭。

仄平仄仄平平仄。中仄平平仄。中仄仄平平,中仄平平,中仄平平仄。

宋代李清照〈醉花陰・薄霧濃雲愁永晝〉：

薄霧濃雲愁永晝,瑞腦消金獸。佳節又重陽,玉枕紗廚,半夜涼初透。

東籬把酒黃昏後,有暗香盈袖。莫道不銷魂,簾捲西風,人比黃花瘦。

三、賞析

醉臥於花陰下可謂之「醉花陰」。賞花者見黃花而不識花、不解花,如能借寒露洗除雜念,沉入花心,細聽花語,則可與黃花心神合一,不負賞花機緣,故用該詞牌。

本詞以寒露為脈,以黃花為線,透過描寫寒露、黃花、賞花者之間的訊息互動關係及其展現的狀態,表達識機、助緣、惜緣之意,揭示出應當自淨其心、善借外緣,更應鍥而不捨,才能促成良緣。

秋之思：收穫與離別

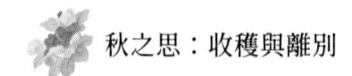

「一滴寒露千萬事」,「寒露」指天寒凝露,突出氣候寒涼,已入深秋,正如「裊裊涼風動,悽悽寒露零」。寒露清冷、剔透、瑩潤,蘊「千萬事」而反映無窮,對「[29] 千萬物」不加分別,都給予滋潤和清潔,讓事物之間的溝通連繫更加明淨而暢通。「清香晨風遠,潯彩寒露濃」,當寒露遇著花朵時,便能使花與葉煥發本真的光彩。「時空依訊息,能量物隨緣」,訊息的流轉並不局限在一時一地之中,而是能容納於極細微之處,貫穿古往今來。一滴寒露在世間經歷著從水氣昇華到露珠凝結的無限循環,之中蘊含了千萬的訊息,其中屬於黃花的,已經被黃花讀取。於是引出下句。[30]

「朵朵黃花繫」,寒露與黃花有著不解的緣分,「寒露驚秋晚,朝看菊漸黃」。寒露輕綴於黃菊花瓣,喚醒了菊花的記憶,往日的美好,前世的相知、遺憾或悵然從「[31] 千萬事」中浮現。「繫」既是連繫、關聯,又是牽掛、繫念,黃花所「繫」為何,正是前世今生之中來來往往與之相關的賞花者。

「幾個識黃花?不解風情,總把花兒戲。」詞意在此一轉,黃花讀出了寒露裡的訊息,在深秋無畏霜寒,朵朵綻放,想傳情達意,但真正懂得菊花的又有幾個呢?識黃花者寥寥。

「風情」,黃花借風翩動,似在對賞花人示意問好、提醒前緣,但賞花者不懂,或匆忙路過,或採摘戲弄。秋風徒添吹打

---

[29] 唐代白居易〈池上〉。
[30] 唐代柳宗元〈巽公院五詠・芙蓉亭〉。
[31] 唐代元稹〈詠廿四氣詩・寒露九月節〉。

醉花陰・寒露

搖曳，黃花更寂寞。賞花者之所以「**不解風情**」，一是內心蒙塵，以致閉目塞聽，通訊受阻，未能察覺黃花在傳遞訊息；二是疏於感悟，心中漫無牽念，與黃花不同率；三是雖曾駐足留意，奈何未得深入，淺嘗輒止，難與黃花相連線。賞花者辜負了黃花的殷勤美意，一個重要原因是他們忽視、錯失了寒露這個伴隨者。寒露的清冽本質幫助賞花者一洗昏沉，其所蘊含的訊息也能清楚地昭示前緣，連結起兩者一段佳緣，但賞花者潦草自負，未得要領，就這樣使緣分從眼前流失。

上闋雖帶著機緣錯失的遺憾，但下闋始終懷著期盼與守望。

「有緣得遇何須避？留與今生示。」黃花一歲一榮枯，賞花者來復又去，寒露三態隨日轉，聚散有時，離合有期，相逢機緣難得，理當珍惜，怎麼能放棄和避開？黃花雖遇不解風情者，但堅韌如初，又有寒露惺惺相惜，要合力將未盡之緣續寫。只要今生還在開放，黃花就要展露風華，了卻遺憾，喚醒那等待著再續前緣的賞花人。

「盼得歲重來，天賜良機，莫讓機流逝。」尾句意更遞進一層。「今生示」也許無果，但能「**歲重來**」，便仍是「**良機**」，今生的企盼亦將延續下去。每歲欣榮之時，當寒露著花，黃花與賞花人再相遇時，機緣又啟。寒露將繼續溫柔地清洗、照料萬物，給予黃花和賞花者溝通的助力；黃花一如既往，仍將在風中熱烈地展示著芳華，表達著情意，爭取著被有緣之人讀懂；

秋之思：收穫與離別

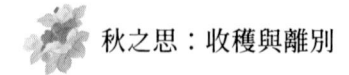

賞花者曾經錯過了機會，也渴望著彌補失落的心、圓滿未盡的緣分，已經準備好和黃花互換心語。當他們再度相逢時，不會再讓這機緣白白流逝。機遇留給幸運者，更留給有心者、有準備者、守望者、堅持者。

「一花一世界」，一滴寒露藏納萬千訊息，連結萬事萬物，其中有多少緣分，妙不可言，等待一顆真心解鎖後領取。

四、節氣

寒露是秋季第五個節氣，於國曆10月7至9日交節。《月令七十二候集解》載：「九月節，露氣寒冷，將凝結也。」此時，晝漸短，夜漸長，日照減少，晝夜溫差較大，早晚體感有明顯寒意。白露與寒露兩節氣的「露」，均指水氣凝結為露，民諺有「露水先白而後寒」，但與白露相比，寒露時氣溫更低，露水更易凝結，更為常見。

寒露三候中「菊有黃華」，指菊花此時普遍開放。九月紅衰翠減，菊花不畏風霜，越是露重霜寒，越是開得豔麗奪目，故農曆九月又被稱為「菊月」。

「十月寒露接霜降，秋收秋種冬活忙。」寒露農事繁忙，是秋收、秋種、秋管的重要時期，玉米、大豆、花生、棉花等處於採摘期，小麥等迎來最佳種植時間，故民諺云：「秋分早，霜降遲，寒露種麥正當時。」

浪淘沙・霜降

　　日暖夜風涼，霜降無霜。花留彼岸桂留香。三變拒霜紅粉白，菊正金黃。

　　草羨換衣裳，葉落尋芳。秋高氣爽意悠長。天上人間皆有道，莫負時光。

〔明〕呂紀〈桂菊山禽圖〉（區域性）

秋之思：收穫與離別

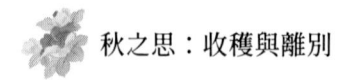

一、詠唱

白日暖熱，夜裡風起，把一點點餘溫都吹散，化作層層秋涼。清晨之時，本該到來的白霜，並未降。

群花凋謝，花瓣隕落，消失不見，相隔彼岸，隱隱留下幾縷殘念。西風陣陣，搖落桂花，離散枝頭，碎黃滿地，唯餘幾許幽香。

木芙蓉，抗拒著風中霜意，幾日之間花色次第變換，起先白色，次日粉色，後日深紅色。菊花正豔，笑立寒秋，枝頭綻開朵朵金黃。

百草羨菊黃，悄作梳妝，褪下綠衣換金裝。樹葉愛清香，爭從枝梢下落，好向地上覓菊芳。天高雲淡，風清氣爽，破曉與黃昏，時光悠悠，秋天意蘊深長。

歲月流轉，物象變遷，天上日月星辰，世上人事更替，循天道自然，來往復又還。一年好景君須惜，莫把光陰，空付流水向東方。

二、詞牌與詞譜

「浪淘沙」，原為唐教坊曲名。任半塘曾於《唐聲詩》提出「本調原屬南方水邊民歌」。「浪」與「淘」與水有關，據《魏書・食貨志》載：「漢中舊有金戶千餘家，常於漢水沙淘金。」現存

浪淘沙・霜降

「浪淘沙」詩詞，或寫淘沙本事，或感慨時間流逝，或以大浪淘沙作比喻抒發對人生的思考，均與水的意涵有關。[32]

劉禹錫、白居易首創樂府歌辭〈浪淘沙〉，作七言絕句體。五代開始流行雙調小令。

「浪淘沙」雙調小令，又名「賣花聲」、「過龍門」、「煉丹砂」等。雙調小令共六體，正體五十四字，前後段各五句四平韻，以五代李煜〈浪淘沙令・簾外雨潺潺〉為例：

簾外雨潺潺，春意闌珊。羅衾不耐五更寒。夢裡不知身是客，一晌貪歡。

中仄仄平平，中仄平平。中平中仄仄平平。中仄中平平仄仄，中仄平平。

獨自莫憑欄，無限江山。別時容易見時難。流水落花春去也，天上人間。

中仄仄平平，中仄平平。中平中仄仄平平。中仄中平平仄仄，中仄平平。

宋代歐陽脩〈浪淘沙・把酒祝東風〉：

把酒祝東風，且共從容。垂楊紫陌洛城東。總是當時攜手處，遊遍芳叢。

聚散苦匆匆，此恨無窮。今年花勝去年紅。可惜明年花更好，知與誰同？

---

[32] 張改莉。〈唐宋《浪淘沙》詞研究〉[D]。蘭州：蘭州大學，2014：11-22。

151

秋之思：收穫與離別

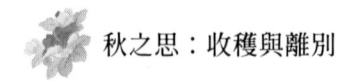

三、賞析

浪沙淘盡始見金，故以「浪淘沙」後的金比喻菊花，正如百花為寒氣淘退後，唯有菊，正金黃。

「日暖夜風涼，霜降無霜。」時間從白日至暮夜再至晨曦。霜降時節，日夜溫差明顯。白天仍然比較溫暖，入夜則轉涼，到了清晨，地上物體表面往往會結一層薄霜。然而，詞在首句，便說霜降「無霜」，白霜並未出現，耐人尋味。其中原因或許從後面的句子中能找到答案。

「花留彼岸桂留香。」「花留彼岸」，深秋時節，大多數花卉花期已過，花朵消失，像歸行彼岸，只遺留下空枝於世間。桂花也到了花期末，花枝盈滿則傾，不堪重負，飄落一地，香氣隨風散去。此句兩個「留」字，表示秋氣深重。

「三變拒霜紅粉白，菊正金黃。」與上句殘花餘香構成對比。木芙蓉，亦名「拒霜」，生在南方，不耐酷寒，花色「曉妝如玉暮如霞」，隨著溫度變化，產生不同的顏色，初開為白色，進而轉粉色，後而深紅色，似是一邊應和著深秋多變的氣候，一邊與霜氣苦苦相爭，所謂「紅英渾欲拒嚴霜」。唯有菊花風華正茂，競相綻放。它們在萬木搖落、風寒霜微時，也擋不住青枝綠葉，金黃燦爛。[33]

至此，似乎就回答了首句「無霜」之探問，有芙蓉「拒

---

[33] 宋代王安石〈拒霜花〉。

浪淘沙・霜降

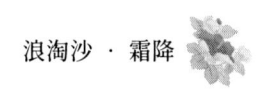

霜」，欲搏一搏寒涼；更有金菊「傲霜」，展露出熱烈的心氣與亮色，對弈中能勝過寒氣，讓霜暫時也退卻了。

「草羨換衣裳，葉落尋芳。」此句立意別緻，明寫草、葉，實則繼續寫菊不可抗拒的力與美，以至於秋草發黃，是為了與菊黃相配；枯葉紛落，是為了尋找地上的菊香，其中有愛意，更有敬意。

「秋高氣爽意悠長。」由花朵引向秋天的天與地，生起秋感秋思。萬里天空，雲捲雲舒，清風吹拂，一片心曠神怡，氣韻舒長。其中，透露出自然的純粹與純淨、自由與遼闊，並引出尾句。

「天上人間皆有道，莫負時光。」「天上人間」指代萬物。萬物共同遵循的規律即「道」，春暖、夏熱、秋涼、冬寒，四季交替，生息有常。時光荏苒，逝者如斯，應如菊一樣，沉穩積澱，清淨自守，迎寒不退，給時光以溫柔，給歲月以風景。

四、節氣

霜降，秋天最後一個節氣，於每年國曆 10 月 23 至 24 日交節。

「霜」是天冷、晝夜溫差變化大的表現，東漢王充《論衡》曰：「雲霧，雨之徵也，夏則為露，冬則為霜……雨露凍凝者，皆由地發，非從天降。」霜降節氣後，常有冷空氣侵襲，而使

秋之思：收穫與離別

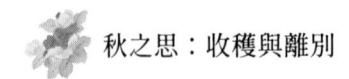

氣溫驟降，晝夜溫差大。

霜降節令是陽氣由收到藏的過渡期，《逸周書·周月解》有「秋三月中氣：處暑、秋分、霜降」，說秋天的三個月中，這三個節氣是「中間的節氣」，作為過渡。俗話講「霜降殺百草」，霜降過後，植物漸漸失去生機。此時，柿子成熟，一些地方要吃紅柿子，清熱潤肺。在農業方面，北方開始搶種冬小麥；南方早批已經收割完成的稻田開始翻耕，為後期的油菜種植進行鋪陳。

【菊】

菊科菊屬的多年生宿根草本植物，是中國傳統名花之一，也是世界四大切花（菊花、月季、康乃馨、唐菖蒲）之一。菊花是經長期人工選擇培育的名貴觀賞花卉，在中國已有三千多年的歷史，《禮記》一書載：「鴻雁來……鞠（菊）有黃華。」菊花能具有界定農時的作用，《夏小正戴氏傳》中有「九月榮菊……菊榮種麥，時之急也」。陶淵明有名句「採菊東籬下，悠然見南

山」。在中國源遠流長的養菊、賞菊、品菊、詠菊、畫菊的傳統中，菊被賦予了高風亮節、不屈不撓的精神內涵，是民族精神的象徵。

【木芙蓉】

又名「三變」、「拒霜」，錦葵科木槿屬，始開於仲秋。白居易〈長恨歌〉中有「芙蓉帳暖度春宵」，後人據以傳唐玄宗喜歡芙蓉花，因其開如春帳，將霜雪拒在帳外，故名「拒霜」。宋代宋祁〈添色拒霜花贊〉云：「生蜀州……始開白色，明日稍紅，又明日，則若桃花然。自濃而淡，花之常態。今顧反之，亦不之怪。」這是說一般的花顏色先濃後淡，但芙蓉花相反。這是由於光照強度不同引起了花青素濃度的變化。木芙蓉是成都市花，因此成都又被稱為「蓉城」。

秋之思：收穫與離別

冬靜：
沉澱與輪迴

冬靜：沉澱與輪迴

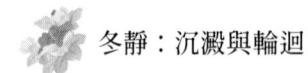

生查子・立冬

金鍍銀杏葉，木攬芙蓉睡。水隨藕塘眠，火伴楓林醉。
土縱菊花留，風冷方知退。萬物道中行，立冬藏為貴。

〔明〕仇英〈楓溪垂釣圖軸〉（區域性）

生查子・立冬

一、詠唱

　　北風吹來，銀杏葉綠意淡去，慢慢鍍上金黃，耀眼奪目，風拂過，滿樹黃葉翻飛，似光芒跳躍。

　　伴著漸濃的寒意，木芙蓉褪去胭紅粉嫩，卸掉奪目光彩，只餘翠葉似掌，枝條如臂，攬花入懷，甜甜入睡，想於蕭瑟中留住這淡淡芳菲。

　　藕塘處，波光水影消逝，池畔悄悄，萬籟俱寂，水靜安睡。

　　楓樹颯颯，層層疊疊，萬木成林。秋霜染盡紅楓，絢麗的楓葉紅過了二月的春花，在萬物凋零的時刻，將火一般的熱情，或灑向大地，或隨風起舞，沉醉不已。

　　地表餘溫尚存，留得菊花豔，更挽菊花香，縱得黃菊晚秀，流光溢彩，冷豔孤傲。霜意重重，空氣中流動著絲絲涼意，這時的菊花牽著一縷沉香，散去花瓣紛紛，慢慢殘缺零落。

　　萬物依律而生，依道而行，春生夏長，秋收冬藏。天涼水寒間，貴在養藏。萬物相時而動，收起往日繁華，在冬天裡沉澱、蟄伏，積蓄著生存和發展的力量，靜待下一輪生機。

冬靜：沉澱與輪迴

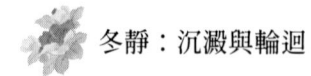

二、詞牌與詞譜

「生查（ㄓㄚ）子」，原唐教坊曲，後用為詞牌，又名「相和柳」、「陌上郎」。〈生查子〉調始見於魏承班、牛希濟等人詞集中。朱淑真詞有「遙望楚雲深」句，名「楚雲深」。韓淲（ㄅㄧㄠ）詞有「山意入春晴，都是梅和柳」句，名「梅和柳」；又有「晴色入青山」句，名「晴色入青山」。多抒怨抑之情。

「生查子」，共五體，正體為雙調四十字，前後段各四句兩仄韻，以唐代韓偓（ㄨㄛˋ）的〈生查子·侍女動妝奩（ㄌㄧㄢˊ）〉為例：

侍女動妝奩，故故驚人睡。那知本未眠，背面偷垂淚。
中中中中中，中仄平平仄。中中仄中平，中仄平平仄。

懶卸鳳凰釵，羞入鴛鴦被。時復見殘燈，和煙墜金穗。
中中中中平，中仄平平仄。中仄仄平平，中中中平仄。

宋代歐陽脩〈生查子·元夕〉：

去年元夜時，花市燈如畫。月上柳梢頭，人約黃昏後。
今年元夜時，月與燈依舊。不見去年人，淚溼春衫袖。

三、賞析

張騫（ㄑㄧㄢ）乘槎（ㄔㄚˊ）遇仙事謂之「生查子」，不屈不撓的探索精神是其遇仙之本。冬意初臨，萬物眠藏，積蓄著

生查子・立冬

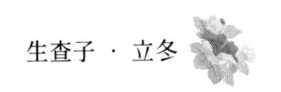

生命的力量。

　　上闋展現銀杏黃、木芙蓉睡、藕塘眠、楓葉紅的冬藏之景，以點帶面地突顯從山林到水塘的變化。「**金鍍銀杏葉，木攬芙蓉睡**」中的「**鍍**」字，動態地形容了經霜的銀杏漸漸枯黃的過程。寒風吹過，星星點點的明黃慢慢遍布周身，滿樹銀杏葉燦爛無比，像穿上了金衣，展示著自己的金碧輝煌之姿。木芙蓉畏寒喜溫潤，秋末冬初時靜靜地盛開又漸漸凋落，枝條想留下這脫俗的仙姿，即使已進入秋冬之「**眠**」，也要攬花入睡。唐代詩人王維曾賦詩〈辛夷塢〉，「木末芙蓉花，山中發紅萼。澗戶寂無人，紛紛開且落」，藉以望其金秋媚姿，嘆其紛落飄零。

　　立冬時節，水也漸漸變得寒冷，蓮藕在立冬前夕採收完成，整個荷塘變成靜默無聲的樣子，像沉睡了一般，「**水隨藕塘眠**」。同時「**眠**」也與上闋的「**睡**」相呼應，闡釋著生物一點點退藏的動態。

　　「**火伴楓林醉**」中的「**火**」，突顯出立冬時節楓葉之色如火，層林盡染，初冬的蕭索被嫣紅的楓葉打破一角，這熱烈的色彩讓楓樹自身也沉醉其間，唐代杜牧也曾醉心於這楓林之美，其詩曰：「停車坐愛楓林晚，霜葉紅於二月花。」自立冬始，萬物迎來新一輪的枯榮，也成就了「**醉**」與「**眠**」風景的分隔線。

　　下闋繼續描繪萬物的「退」與「藏」，其中不乏挽留與寵縱。

冬靜：沉澱與輪迴

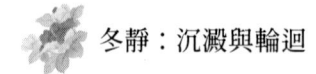

「土縱菊花留」中，「縱」乃放縱之意，泥土中殘存的暖意，護住了菊花的根莖，才縱得菊花傲然怒放、豔麗芳菲，時不時散發出縷縷清香。

花莖雖深入溫暖的泥下，幼苗的生長與花的綻放仍需要相應的溫度，便有「風冷方知退」。蕭瑟的冬風帶著陣陣寒意襲來，花朵抵禦不了寒氣凋落成泥，花葉在此時紛紛褪去，等待著寒霜盡時再花開。

「金」、「木」、「水」、「火」、「土」與一景一花相連，蘊含著相生相剋執行之道，此五行規律也常用來解釋世界萬物的形成及其相互關係，這便是「**萬物道中行**」。「道」指法則、規律，與句首的「金」、「木」、「水」、「火」、「土」相呼應，強調萬物的運動形式和轉化關係，也讓我們透過萬物訊息的變化置身於初冬時節漸濃的寒意中，揭示萬物的生與藏之規律。

「立冬藏為貴」，「立」乃「始」，「冬」乃「終」。立冬，藏秋實而育春華，是萬物之終歸，也是萬物之起始。詞中一個「藏」字，將興衰枯榮盡攬，有兩意：一為「積蓄、收藏」，冬寒意喻珍藏而不是埋葬，經過一年春生、夏長的辛勤，冬季藏住了秋收的果實，伴著豐收走向來年；二為「蘊藏、蘊含」，冬季蘊藏了生命的力量，讓萬物在一季的冷靜中重新整理，蓄勢待發。

生查子・立冬

四、節氣

立冬，是冬季的第一個節氣，也是冬季的起始，於每年國曆11月7至8日交節。

立冬前後，中國大部分地區降水顯著減少，冷空氣加強，氣溫下降的趨勢加快，但由於此時地表在下半年保存的熱量還具有一定的能量，尚有「積熱」，初冬通常不會很冷，真正的寒冷是在冬至之後。正所謂「八月暖九月溫，十月還有小陽春」，在南方地區，從立冬至小雪期間，常會出現風和日麗、溫暖舒適的「小陽春」。

立冬是進補的好時機。在閩中，立冬俗稱「交冬」，家家戶戶要做草根湯，並加入雞肉、鴨肉、兔肉或豬腳、豬肚等一起熬製而成；在北方地區有立冬節氣吃餃子的習俗，餃子亦諧音「交子」，意指立冬是秋冬季節之交。

立冬時，天氣時冷時暖。對農業也會有諸多影響。東北地區大地封凍，農林作物進入越冬期；江淮地區「三秋」已接近尾聲；江南正忙著搶種冬麥，抓緊移栽油菜；而華南卻是「立冬種麥正當時」的最佳時期。

冬靜：沉澱與輪迴

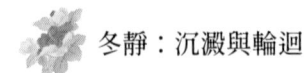

【楓】

　　雙子葉植物綱、原始花被亞綱、無患子目、槭樹科、槭屬的落葉喬木，高可達 40 公尺。分布於中國淮河流域至四川西部以南各地。喜光，喜生於山麓河谷，生長較快。木材輕軟、細緻，但易開裂、不耐朽，可製箱板。秋葉豔紅，著名秋色樹種，可做行道樹或片植供欣賞。花期 4 至 5 月，果期 9 至 10 月。楓葉色澤絢麗、形態別緻優美，在秋天則變成火紅色，落在地上時變成深紅。

生查子・立冬

【銀杏】

　　子遺植物，銀杏門下唯一現存的物種，亦稱「銀杏樹」、「鴨腳樹」，落葉喬木，高可達40公尺。銀杏為中國特有珍貴樹種，約在唐宋時期傳播到日本，18世紀透過日本傳播到歐洲。銀杏葉摺扇形，種子呈橢圓形或倒卵形。銀杏樹一般在3至4月開始萌枝展葉，4至5月開花，並在9至10月種子成熟，10月以後開始落葉。銀杏雌雄異株，雌樹掛果，雄樹不掛果。銀杏樹的種子即銀杏，早在元代吳瑞的《日用本草》中即將其入藥，醫用歷史悠久。[34]

---

[34] 銀杏也叫作「活化石植物」，起源久遠，到第三紀後期，隨著氣候寒冷和冰川運動，大多數植物瀕於滅絕，存活下來的古老物種被稱為「子遺植物」。

冬靜：沉澱與輪迴

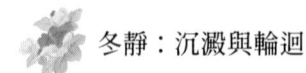

漁家傲・小雪

小雪隨風遊大漠，黃沙手把白花托。一縷青煙天外落。
風雲約，紅柳奏曲胡楊綽。
嶺北寒爐溫酒酌，劍南銀杏金衣落。月照秦淮千色躍。
中華博，江山如畫家家樂。

〔清〕陳枚〈月曼清遊圖〉（節選，區域性）

漁家傲・小雪

一、詠唱

　　雪花細細碎碎吹彈可破，北風獵獵，裹挾著雪花飄遊於無邊無際的大漠中。沙上雪花點綴，錯落有致，似黃沙伸出雙手承托白雪，讓這大漠開出一簇簇白花。

　　一片黃白交接中，一縷炊煙裊裊上升，天白煙青；炊煙隨風遠飄，宛若悠然飄落天際。

　　北風席捲，雲空廣漠，天地震撼，風雲相約，紅柳乘風借力奏新曲，胡楊亦攜手起舞，風姿綽約，不負風雲際會之盛況。

　　秦嶺以北，連爐灶都透著寒意，點火燒爐，溫一壺美酒，淺斟慢酌且暖身。劍門關南，銀杏被微微寒意染成金黃色，片片黃葉迎風搖曳，悠悠飄下，恰如一襲金衣緩緩脫落，從容面對初冬，與自然融為一體。

　　月光傾瀉於秦淮河面，十里秦淮便繁華似錦，映出南方秀美。明月更將千家萬戶照耀，縱橫南北西東，見證千顏萬色，匯聚訊息無數，映入秦淮河水；水面承月之銀輝，千般景緻、萬般風情隨波靈動，凌波躍出，映入眼簾。秦淮映月亦縱貫古今，湧現歷史的醇厚。中華之地大物博、山高水長、鍾靈毓秀，織就一幅絕美畫卷。無限風光裡，萬家燈火交相輝映，安寧和睦，其樂融融。

冬靜：沉澱與輪迴

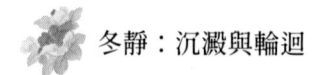

二、詞牌與詞譜

「漁家傲」，原是用於佛曲、道曲的調名。唐代張志和「自稱煙波釣徒，願為浮家泛宅，往來苕霅（ㄓㄚˊ）間，作『漁歌子』」。「漁歌子」亦名「漁父詞」，其調之曲拍，未傳於後世。而唐宋詞人，又多有「漁家樂」之作，其描寫漁人生活之內容與張同。宋代吳曾所作《能改齋漫錄》卷二云：「南方釋子作『漁父』、『撥棹（ㄓㄠˋ）子』、『漁家傲』、『千秋歲』唱道之辭。」

「漁家傲」詞牌創調者當為北宋范仲淹。宋代魏泰創作的古代中國文言軼事小說《東軒筆錄》云：「范文正守邊日，作『漁家傲』樂歌數曲，皆以『塞下秋來』為首句，頗述邊鎮之勞苦……」此調創自范仲淹已可證明，不過所詠內容日漸廣泛，不止於邊塞、漁人生活。

「漁家傲」，共四體，正體為雙調六十二字，前後段各五句五仄韻，以宋代晏殊〈漁家傲‧畫鼓聲中昏又曉〉為例：

畫鼓聲中昏又曉。時光只解催人老。

中中中中平中仄。中平中仄中平仄。

求得淺歡風日好。齊揭調。神仙一曲漁家傲。

中仄中平平仄仄。平中仄。中中中中平平仄。

綠水悠悠天杳杳。浮生豈得長年少。

中仄中平平仄仄。中平中中平平仄。

漁家傲・小雪

莫惜醉來開口笑。須信道。人間萬事何時了。
中仄中平平中仄。中中仄。中平中仄平平仄。

宋代范仲淹〈漁家傲・秋思〉：

塞下秋來風景異，衡陽雁去無留意。
四面邊聲連角起，千嶂裡，長煙落日孤城閉。
濁酒一杯家萬里，燕然未勒歸無計。
羌管悠悠霜滿地，人不寐，將軍白髮征夫淚。

三、賞析

捕魚為業的人家，傲視風浪，可謂之「漁家傲」。自古漁父形象，寄情山水，可蒼涼孤寂、可搏擊滄浪、可灑脫隱逸、可淡泊寧靜，漁父的傲然風骨恰與大漠寂寥、北方粗獷、南方寧靜皆適。本詞中雪花隨風悠遊於中華大地，從西北大漠、嶺北寒爐、劍南銀杏至江南秦淮，唯有「神仙一曲漁家傲」可比擬，故用該詞牌。

本詞上闋透過對黃沙、白花、青煙、紅柳等景物的描繪，將小雪時節廣袤無垠的西北大漠呈現於一幅色彩斑斕的完整畫面中。

「小雪隨風遊大漠」，「小雪」對「大漠」，大漠之廣闊與雪花之細小形成強烈對比。「小雪」指積雪深度較淺、單位降雪量較小的氣象，雪花輕輕揚揚，方能縱情暢遊。「遊」字可解為

冬靜：沉澱與輪迴

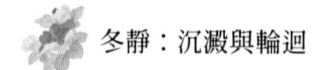

「遊蕩」，突出雪花自由隨性之態，隨處可往，隨處可留；也可解為「遊覽」，好似風指引著雪在一望無垠的大漠四處遊賞，兩者的默契呈現出一幅靈動而和諧的情境。

「黃沙手把白花托」，「黃沙」對「白花」，沙黃而細膩，雪白而輕盈，於對仗間營造質感錯落、顏色交雜之感。由於降雪量較小，雪花容易融化消散，故而呈現為錯落分布在大漠上的塊塊白色，好似一簇簇「白花」盛開。另外，「白花」點「小雪」之題，也凝練地展現著小雪之美。「托」有托舉之義，白雪從天而落，黃沙遍地而鋪，黃沙張開雙手迎而承托白雪，突顯了雪與沙之間的互動狀態，白與黃的色彩相融之美，調和了大漠的粗獷與雪花的柔美。

「一縷青煙天外落」，此句引入少許人間煙火氣。在白雪與黃沙這兩大塊色彩拼接的畫面中，裊裊流出一縷青煙，漸飄漸遠，似要飄落到天外，把整個畫點活。僅現「一縷」也貼合鮮有人際的大漠景觀，與「大漠孤煙直」有相似的意趣。

紅柳和胡楊都是耐寒、耐旱又耐風沙的植物，因此常見於沙漠中。「風雲約，紅柳奏曲胡楊綽」，在飛沙走石的蒼涼之地，紅柳和胡楊相依而伴，展現出頑強的生命力，「奏曲」和「綽」兩個頗具藝術氣息的動作，一則賦予兩者坦然樂觀之感，地上有紅柳和胡楊琴瑟和鳴，天上有風雲相約而至，來賞這幅不落俗套的孤美之景，值得約賞則更顯景緻美妙；二則烘

漁家傲・小雪

托出風雲相約的盛況空前，紅柳與胡楊乘此難得良機奏曲和起舞，不錯過這一天地之間的壯舉，將細節與宏大場景巧妙結合起來。下闋將視野從西北移至中部的嶺北、劍南，再至江南秦淮，縱貫南北，橫跨東西，將大好河山一攬入畫，全面敘說小雪時節各具特色的景緻。

在「嶺北寒爐溫酒酌，劍南銀杏金衣落」中，「嶺北」（秦嶺以北）對「劍南」（劍門關以南，在中國西南部，主要指四川），描繪出各地區在小雪時節呈現不同的景象。秦嶺以北為中國北方，且在中部地區和東部地區，小雪時，北方地區氣溫多已降至零下，「寒」、「溫」兩字互為反對，既可直接形容當時爐灶的冰冷與酒的溫熱，在冷意中調和以溫熱，也不失為一種美妙體驗；又可做動詞理解，「寒」字呈現出越來越冷的天氣將房屋爐具悉數染寒的過程，「溫」字則描繪出在此天寒地凍的環境下將酒水烹熱、酌以暖身的動態情景，更能突顯氣溫寒冷。緊接著，「銀」、「金」二字相映成趣，名中帶「銀」，初冬葉黃如「金」，彰顯了銀杏樹在初冬的華貴和韻味，故能成為西南地區秋冬季節獨具特色的景緻。在北方需要酌酒暖身之際，西南銀杏卻只把金衣脫「落」，不覺寒冷，只想與大自然更親近，以融為一體，從而表明不同地理位置雖同處小雪時節，但當下的氣溫、生物生長仍是各具特色。

「月照秦淮千色躍」，是訊息隨時空變幻而流轉的寫照。月亮掛於天上千萬年，俯瞰世間千萬年，月無所不知亦無所不

冬靜：沉澱與輪迴

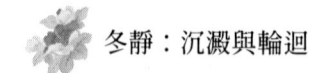

至，故而「月」在中國乃至世界本就是蘊含無窮韻味、富含千萬種訊息的意象。「照」是月傳輸訊息的動態，月亮將大量錯綜複雜的訊息匯聚，訊息隨月光的照耀轉至秦淮河。「千色」便是秦淮河接收到無窮訊息的表現，秦淮河將廣闊天地間的千姿百態流於水中。「躍」是訊息經由秦淮河水傳遞的動態，將月色與水色交相輝映成一體的訊息帶出水面、映入觀賞秦淮月的人眼中。月之訊息照至秦淮，秦淮之訊息顯出千色，千色訊息躍入眼簾，此為訊息三轉的動態。「千色」亦有三層意，層層遞進：一為秦淮河流麗這一南方美景，夜深時美景難以看清，幸得月光相照、河水相映，才讓美好景緻從點點浮光躍金中顯現；二為凝聚了大漠、嶺北、劍南、秦淮乃至四面八方訊息的月，映入水中，躍出水面，進而訊息面不斷拓寬；三為悠長的歷史訊息，自古秦淮豔八方，水中月色韻悠長，映出中華厚重的沉澱，使得訊息不斷豐富。此句展現著世間萬物及其間明存或暗湧的規律章法賦予的鮮活動力，也將自然訊息與人間煙火連繫起來，為末句作鋪陳。

「中華博，江山如畫家家樂」與「千色躍」互表。「博」既是地大物博也是博大精深，融會自然與歷史之美。從上闋的大漠飄雪到下闋的雪中溫酒、金葉脫枝，皆為秦淮一攬入懷，其實都是中華幅員遼闊、底蘊深厚的展現，詞中描繪的這幅百景百情圖可謂「江山如畫」。不僅自然景象美如畫，「家家樂」這樣國泰民安、百姓安居樂業的祥和之景更是如畫江山，在悠悠中

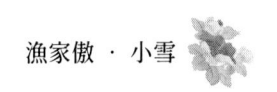

華歷史上亦是如此。此外,「家家樂」營造出一種萬家燈火的氛圍,又與上闋的「一縷」煙火氣形成對比,再次使自然與人文交相應和,綿延出無邊的美感。

四、節氣

小雪,於每年國曆 11 月 22 至 23 日交節。《孝經緯》云:

「天地積陰,溫則為雨,寒則為雪。時言小者,寒未深而雪未大也。」小雪時節,寒流活躍、降水(氣象上將雨、雪、雹等從天空下降到地面的水氣凝結物,都稱為「降水」)漸增,降雪量也可能漸增。但小雪節氣不一定會下雪,只是以「小雪」預示天氣會越來越冷。

在小雪節氣初,東北土壤凍結深度已達 10 公分,俗話有云「小雪地封嚴」,之後大小江河陸續封凍。農諺道:「小雪雪滿天,來年必豐年。」小雪預示豐年,一是下雪可凍死一些病菌和害蟲,減少來年病蟲害的發生;二是積雪有保暖作用,有利於土壤的有機物分解,增強土壤肥力;三是小雪落雪預示來年雨水均衡,無大旱澇。

小雪節氣有醃鹹菜、品嘗糍粑、晒魚乾、釀小雪酒等習俗。

冬靜：沉澱與輪迴

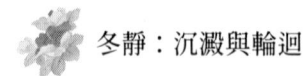

【雪】

從雲中降落的、具有六角形白色結晶的固態降水物，是氣溫較低時水氣在空中直接凝華所致。空氣中所含水氣、溫度等不同，形成的雪花形狀也不同。

【胡楊】

楊柳目、楊柳科、楊屬落葉中型天然喬木，高 10～15 公尺，稀灌木狀。樹皮淡灰褐色；萌枝細，枝內富含鹽量，嘴咬有鹹味；葉形多變化，卵圓形、卵圓狀披針形、三角伏卵圓形或腎形；木質纖細柔軟。成年樹小枝泥黃色，有短絨毛或無

毛。花期在5月，花多為紫紅色；果期在7至8月。

胡楊是乾旱大陸性氣候條件下的樹種，喜光、抗熱、抗大氣乾旱、抗鹽鹼、抗風沙，要求沙質土壤。在水分好的條件下，壽命可達百年。在溼熱的氣候條件和黏重土壤上生長不良。中國的胡楊林，主要分布在新疆，多生於盆地、河谷和平原，塔里木河岸最常見。胡楊木材可供建築、橋梁、農具、家具等用，也是很好的造紙原料。

【紅柳】

即多枝檉（ㄔㄥ）柳，為檉柳科檉柳屬灌木或小喬木，為溫帶及亞熱帶樹種，喜光、耐旱、耐寒，亦較耐水溼。通常高1～3公尺，也有高達6公尺的。老幹和老枝的樹皮為暗灰色、當紫色。

一年生木質化的生長枝為淡紅或橙黃色，長而直伸，有分枝，枝條細瘦；第二年生枝則顏色漸變淡。5至9月開花，開花繁密而花期長，花瓣粉紅色或生於河漫灘、河谷階地上，

冬靜：沉澱與輪迴

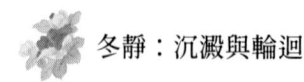

在沙質和黏土質鹽鹼化的平原、沙丘上，每集沙成為風植沙灘。多分布於中國西藏西部、新疆、青海（柴達木）、甘肅（河西）、內蒙古（西部至臨河）和寧夏（北部）。枝條可編筐用，粗枝可用作農具把柄，嫩枝葉可做羊和駱駝的飼料。

如夢令・大雪

風起賀蘭山烈,雲落黃河灘沒。
日月隱宮中,天地浩然悲闊。
大雪,大雪,銀樹銀花銀葉。

〔元〕曹知白〈群峰雪霽圖〉

冬靜：沉澱與輪迴

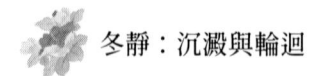

一、詠唱

　　北風呼嘯，挾帶著包藏宇宙的氣勢，從賀蘭山掠起，雄渾猛烈。雲層厚重，伴隨寒風流轉，翻滾奔騰，從九天傾落於黃河灘上，淹沒在迷濛遠方。

　　風雲際會，日月退隱宮中。乾坤茫茫，寰宇上下皆白，天地悲憫，容納萬物供其生滅；有容乃大，彰顯天地的廣闊。

　　大雪成為天地間的主宰，洋洋灑灑，肆意為萬物塑造新的模樣，為大地裹上了厚裝，也送來了潤物無聲的滋養。樹，緊了緊身上的素裝，在雪地中傲然挺立。雪花裝飾了枝丫，堆積出花葉的形狀，讓冬日枝繁葉茂、百花齊放。

二、詞牌與詞譜

　　「如夢令」，詞牌名，又名「憶仙姿」、「宴桃源」、「無夢令」等。此曲本後唐莊宗制，名「憶仙姿」，周邦彥又因此詞首句改名「宴桃源」。沈會宗詞有「不見不見」疊句，名「不見」。張輯詞有「比著梅花誰瘦」句，名「比梅」。《梅苑》詞名「古記」。《鳴鶴餘音》詞名「無夢令」。魏泰雙調詞名「如意令」。蘇軾用此調時改名「如夢令」，其詞序云：「元豐七年十二月十八日，浴泗州雍熙塔下，戲作如夢令兩闋。」

　　「如夢令」，共六體，正體為單調三十三字，七句五仄韻、

如夢令・大雪

一疊韻，以後唐莊宗李存勖（ㄒㄩㄣˋ）〈憶仙姿・曾宴桃源深洞〉為例：

　　曾宴桃源深洞，一曲舞鸞歌鳳。長記別伊時，和淚出門相送。

　　中仄中平中仄，中仄中平中仄。中仄仄平平，中仄中平中仄。

　　如夢，如夢，殘月落花煙重。

　　中仄，中仄，中仄中平中仄。

宋代李清照〈如夢令・昨夜雨疏風驟〉：

　　昨夜雨疏風驟，濃睡不消殘酒。試問捲簾人，卻道海棠依舊。

　　知否，知否？應是綠肥紅瘦。

三、賞析

　　風起雲落，日月隱匿，天地悲壯寥廓，而大雪恣肆，塑造銀樹、銀花、銀葉，亦真亦夢，故用詞牌「如夢令」。

　　「**風起賀蘭山烈，雲落黃河灘沒**。」賀蘭山位於今內蒙古河套之西，在寧夏西北，為兵家必爭之地，如「駕長車，踏破賀蘭山缺」。「**烈**」，意為猛烈、劇烈，表現朔風肆無忌憚、狂暴猛烈；「**沒**」，意為淹沒、吞沒，是對「雲落」的狀態描寫，刻

冬靜：沉澱與輪迴

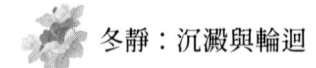

劃雲層難以飄動，被吞沒於烈風橫行的大雪天。以黃河一帶冬季的景色入題，描述凜冽的寒風從賀蘭山脈吹起，呼嘯而過，雲層厚重，接近地面，與黃河灘一同消失在大雪深處。

「日月隱宮中，天地浩然悲闊。」此句描述風雲際會、日月隱跡時，大雪茫茫的壯闊景象。「隱」，即隱藏、隱退，一方面表現大雪紛紛，遮蔽天日，使日月都隱藏起來；另一方面說明日月「退位讓賢」，隱於宮中，使大雪成為天地間的主宰。「浩然」，為盛大貌；「悲」，意為悲壯、悲憫，串聯「烈」、「沒」、「隱」等帶有悲壯意味的字樣，呼應前文風起而烈、雲落而歇、日月藏蹤的景象，彰顯天地不拘一格、包容萬物的悲憫情懷；「闊」，即廣闊、壯闊，既表現風雲在天地間「弄潮」的壯闊之景，又指天地胸懷廣闊，容納了這些景象。雖然不見「雪」字，但場面描寫暗喻大雪此時主宰了天地，突顯漫天皆白的場景。

「大雪，大雪，銀樹銀花銀葉。」「大雪」疊用，既點明了「日月隱宮中，天地浩然悲闊」的原因，又表現雪之大，成為天地大舞臺的主角。大雪飄落，與地面相接，既裝飾了萬物樣貌，使其銀裝素裹，又透過在樹幹、枝丫上堆積疊壓，擬作了花朵和樹葉，使光禿禿的樹木彷彿重新煥發了生機。這種生命力的展現，恰與俗語「瑞雪兆豐年」對應，隱喻萬物換上冬日的銀裝，承接大雪的滋養，為來年的生機勃發累積力量。

四、節氣

大雪是冬季第三個節氣,於國曆 12 月 6 至 8 日交節。大雪節氣是干支曆子月的起始,代表著仲冬時節正式開始。節氣「大雪」與氣象學「大雪」意義不同,節氣「大雪」指天氣寒冷,降雪的可能性比小雪節氣時更大,並非指降雪量一定很大。

《三禮義宗》載:「大雪為節者,行於小雪為大雪。時雪轉甚,故以大雪名節。」

大雪前後,民間有準備年貨的習俗。「小雪醃菜,大雪醃肉」,在大雪節氣,南方家庭通常醃鹹貨、灌香腸等,掛在屋簷或灶上橫梁以保持乾燥,迎接新年。

「大雪封河,小雪封山」,從小雪到大雪,氣溫降低,積雪增多,預兆豐年:一是保溫,減少土壤熱量外散;二是灌溉,積雪融化緩解春旱;三是凍死土壤和農作物表面的部分蟲卵,減少病蟲害的發生。

冬靜：沉澱與輪迴

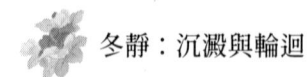

醜奴兒・冬至

　　金衣褪盡纖姿舞，沐浴晨風。沐浴晨風，冬至風吹寒意濃。

　　根前葉積隨風掃，故作從容。故作從容，銀杏無銀杏亦空。

〔南宋〕馬世昌〈銀杏翠鳥圖〉

醜奴兒 · 冬至

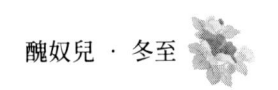

一、詠唱

幾經北風裁剪，華美的金衣逐漸片片剝落，留下單薄的身段，對著晨風起舞如常。銀杏慢搖舞步，若沐浴風中，不忘姿態翩翩，好似悠悠閒閒。

數九寒冬至，風越來越冷，吹得銀杏舞姿難展，空枝顫動，身上無衣可禦寒。

金衣的層層碎片，在樹腳堆疊，被陣風捲起，繞著周身旋轉。沒有衣衫的遮掩，也沒有金銀的裝扮，還要裝作鎮定的神態，不慌不忙，不急不慢。

銀杏本無銀，銀杏亦非杏，何必空流連。寒風繼續吹，似乎留下一聲輕嘆。

二、詞牌與詞譜

詞牌「醜奴兒」原為「採桑子」。詞學家龍榆生在《唐宋詞格律》中說，在唐教坊大麯中有〈楊下採桑〉，「採桑子」可能是從大麯中擷取片段所成。

至於「奴兒」，據學者考證，大致在北朝口語中，以「奴」作為自稱已經通行；到了隋唐，男女貴賤皆可以「奴」來謙稱自己。唐代敦煌曲子詞裡就有「為奴吹散月邊雲」。五代以後，「奴」逐漸多為女子所用；清代梁章鉅《稱謂錄》提到「婦人自

冬靜：沉澱與輪迴

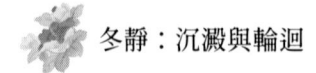

稱奴，蓋始於宋時」。直到清代曹雪芹寫《紅樓夢》，探春的判詞〈分骨肉〉也自唱道：「……奴去也，莫牽連。」如此看來，「醜奴兒」可能是伊始於歌姬自謔，而後流傳開來的。

「醜奴兒」，共三體，正體共四十四字，雙調，上、下闋各四句三平韻，以宋代呂本中〈恨君不似江樓月〉為例：

恨君不似江樓月，南北東西。南北東西，只有相隨無別離。

中平中仄平平仄，中仄平平。中仄平平，中仄平平中仄平。

恨君卻似江樓月，暫滿還虧。暫滿還虧，待得團圓是幾時？

中平中仄平平仄，中仄平平。中仄平平，中仄平平中仄平？

宋代辛棄疾〈醜奴兒・書博山道中壁〉：

少年不識愁滋味，愛上層樓。愛上層樓，為賦新詞強說愁。

而今識盡愁滋味，欲說還休。欲說還休，卻道天涼好個秋。

醜奴兒・冬至

三、賞析

　　形象醜陋，品味低賤者，可謂之「醜奴兒」。深冬時節，銀杏金衣凋破，身形落魄，為「醜」；力不從心卻端作姿態、強裝場面，其「虛榮」、「偽飾」之狀，近似「奴」，故以「醜奴兒」戲稱。

　　外形上，「金衣褪盡纖姿舞，沐浴晨風」。「褪」、「盡」、「纖」等字，描摹出一株嶙峋銀杏，原本華美的金葉此時零落殆盡，只留纖瘦枝幹。「舞」字一轉，沒有了金衣的遮覆和裝飾，袒露著軀體在寒風中搖擺，做出舞動之狀，並極力顯示「沐浴」般舒爽閒適的樣子，意圖抵擋外界投來的異樣眼光。

　　環境依然殘酷，「沐浴晨風，冬至風吹寒意濃」。「冬至」，已進入寒冷至極的嚴冬。寒風凜冽，一波又一波，銀杏跟跟蹌蹌，卻仍掩飾著心虛，繼續裝作若無其事，希望他人察覺不到自己的困窘。一個「濃」字遞進，顯示銀杏的艱難處境，「沐浴晨風」下，盡是辛酸、無助，更是徒勞。

　　「根前葉積隨風掃，故作從容。」寒風不減，銀杏本欲維持「積」葉，奈何俱被風「掃」蕩。但當碎金隨風揚起，飛繞在身邊時，銀杏壯了膽，「故作從容」起來，擺出氣定神閒之態：這片片碎金，也是曾經光彩的證明，多少能幫自己增加點自信。

　　悽清的銀杏繼續「故作從容」，直到「銀杏無銀杏亦空」將銀杏揭穿。名為「銀杏」，但哪有什麼銀、什麼杏，兩手空空，

185

冬靜：沉澱與輪迴

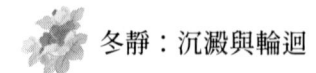

一無所有，再虛張聲勢也難撐場面。「杏」與「信」音相近，身無一金半銀相伴，失去了信用，種種姿態都白費心機。[35]

但詞意並非止於此，「醜奴兒」之稱欲揚先抑：在「醜」與「奴」的外表下，是銀杏骨子中的高貴。

「金衣褪盡纖姿舞，沐浴晨風。」嚴冬持刀剪，剝去了銀杏的金衣，意圖使銀杏失去尊嚴。單薄的銀杏卻昂揚向上，輕展身姿，翩然起舞。銀杏身浸寒風，視同「沐浴」，即便外界看來是空枝亂顫，她自己卻有如處於雲端而往來舒捲，盡顯雍容底色。

「沐浴晨風，冬至風吹寒意濃。」寒風陣陣中，雖然凍僵的身體難以完全舒展，但銀杏沒有停下起舞的腳步，一如既往。「千磨萬擊還堅勁，任爾東西南北風」，銀杏笑傲著，內心堅韌而自由。[36]

「根前葉積隨風掃，故作從容。」風又掃起金衣的碎片，似欲再次羞辱銀杏已經衣不蔽體，而銀杏不為所迫。「**故作從容**」之「**故**」字，既可解釋為「故意、偏要」，顯示其高傲；也可解釋為「故而、於是」，從容無須多言，自來如此，本來面目。銀杏安如磐石，展露風骨，更彰顯高貴品性。

---

[35] 宋代歐陽修〈和聖俞李侯家鴨腳子〉，「鴨腳生江南，名實未相浮。絳囊因入貢，銀杏貴中州」，說銀杏葉形似鴨掌，「鴨腳」之名本更貼切實際，是到了宮廷才被稱作銀杏，從而聲名貴起來。從植物學上看，銀杏樹的「杏」也並非果實，而是直接發育出來的種子，種子最外層的橘黃色軟皮上有白霜似銀粉，因而得名「銀杏」。

[36] 出自清代鄭燮的題畫詩〈竹石〉。

醜奴兒・冬至

「故作從容，銀杏無銀杏亦空。」結尾一「空」字點睛。經歷愈多，愈加從容沉穩、樂觀練達。「靜故了群動，空故納萬境」，心靜而能理解萬物沉浮，空明而能接納萬事變化，金衣也好，銀果也罷，本來無一物，暫時失落又何須掛懷；而空色不異，「空」中同時蘊含著最美的「色」，吐故納新，柳暗花明。冬至以後，白日初長，春信在大地深處萌生。待春陽來複，銀杏樹又將重整衣裝，展開翠綠金黃！[37],[38]

四、節氣

冬至，於每年國曆 12 月 21 至 23 日交節。

《漢書》中說「冬至陽氣起」，冬至在農曆十一月「子月」，「子」位於地支之首，說明冬至為一年陽氣的起始點。冬至這天，太陽光直射南回歸線，作為「日行南至，往北復返」的轉捩點；冬至後，北半球的太陽高度回升，各地白晝逐日增長。

冬至是四時八節之一，被視為冬季的大節日，在民間有「冬至大如年」的說法。《嘉興府志》記載：「冬至祀先，冠蓋相賀，如元旦儀。」在南方地區，有冬至祭祖、宴飲的習俗。在北方地區，有冬至日吃餃子的習俗，俗謂「冬至不端餃子碗，凍掉耳朵沒人管」。時至冬至，代表著即將進入一年中最寒冷的時節——數九寒天，如民諺說：「夏至三庚入伏，冬至逢壬

---

[37] 出自宋代蘇軾〈送參寥師〉。
[38] 出自唐代慧能〈菩提偈〉：「本來無一物，何處惹塵埃。」

冬靜：沉澱與輪迴

數九。」[39]

以 2022 年為例，12 月 22 日為冬至（己酉日），往後依次是 23 日（庚戌日）、24 日（辛亥日）、25 日（壬子日），所以 25 日交九，開始數九：12 月 25 日至 1 月 2 日為「一九」，1 月 3 至 11 日為「二九」，依此類推，3 月 7 至 15 日為「九九」。其中，小寒在「二九」、「三九」，大寒主體在「四九」、「五九」，立春經歷「五九」、「六九」、「七九」，雨水在「七九」、「八九」，驚蟄主體通常在「九九」及以後，見下表。

2022年12月	19	20	21	22 冬至（己酉日）	23（庚戌日）	24（辛亥日）	25「一九」（壬子日）
	26	27	28	29	30	31	1
2023年1月	2	3「二九」	4	5 小寒	6	7	8
	9	10	11	12「三九」	13	14	15
	16	17	18	19	20 大寒	21「四九」	22
	23	24	25	26	27	28	29

---

[39] 夏至過後第三個庚日開始入伏，冬至過後第一個壬日開始數九。

醜奴兒・冬至

	30 「五九」	31	1	2	3	4 立春	5
2月	6	7	8 「六九」	9	10	11	12
	13	14	15	16	17 「七九」	18	19 雨水
	20	21	22	23	24	25	26 「八九」
	27	28	1	2	3	4	5
3月	6 驚蟄	7 「九九」	8	9	10	11	12
	13	14	15				

　　民間有歌謠「一九二九不出手，三九四九冰上走，五九六九，沿河看柳，七九河開，八九雁來，九九加一九，耕牛遍地走」，非常貼切地描述了數九寒天中人的行為和事物的變化。

189

冬靜：沉澱與輪迴

一斛珠・小寒

小寒風冽，梨花滿樹花如雪，梅花漫放花心悅。大雁思歸，喜鵲新巢設。

漢水風光秦嶺月，秦川月照誰家闕？哪來冬夏春秋列？臘八飄香，敬請如來說。[40]

〔清〕袁耀〈漢宮秋月圖〉（區域性）

---

[40] 意為從如實之道而來，啟示真理的人，是「佛」的別名，又為釋迦牟尼的十種法號之一。

一斛珠・小寒

一、詠唱

　　風聲呼嘯而過，隆冬之寒雖未到極致，但陣陣寒意已隨朔風至，凜冽刺骨。

　　朔風夾帶皚皚飄雪，雪花晶瑩，瀟瀟灑灑，漫山遍野，形塑一個潔白無瑕的世界，究竟是花、樹盡皆銀裝素裹，難辨形態，只留下滿目瑩白；還是白雪瑩若梨花，千朵萬朵壓枝頭？

　　萬千花朵不耐嚴寒，僅有梅花露出歡顏，顆顆花心舒展，訴說著對嚴寒的眷戀，留下一身傲骨與爛漫。

　　南方天氣一日更比一日寒，極寒之後春日將近，向候鳥發出返鄉的訊號。大雁離鄉已久遠，盼望回鄉和繁衍；喜鵲亦滿心歡喜，殷勤忙碌把枝銜，築巢安家，守望來年。

　　秦山漢水風光美。秦嶺之巍峨，漢江之壯闊遼遠，中華大地之氣韻悠長，悉有月的身影與柔情。

　　明月出山崗，掛天際，映川上，水天之月遙相覷，款款對視，相互交織著萬千羈絆。水中月影載光陰，映照過秦漢乃至歷朝歷代輝煌，還映照出哪戶人家，一腔柔情寄予誰？

　　月圓月缺千萬載，悠悠歷史譜春秋。春夏秋冬依律排布，四時光景各展風華，誰言萬物至小寒，其美不可勝春色？又何來世間隨時序更迭之色？色不異空，空不異色，種種規律，何人能洞悉？

冬靜：沉澱與輪迴

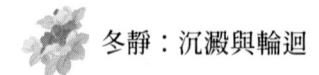

正值臘八，民間迎佛，敬一爐香，佛香裊裊；品臘八粥，粥香四溢。佛乘如實之道而來，凡此種種，便恭請佛祖如來道明吧。

二、詞牌與詞譜

「一斛珠」，原唐代教坊曲名。《宋史‧樂志》有〈一斛夜明珠〉。調名出自唐代梅妃故事：江采蘋於唐代開元中被選入宮，獲得唐玄宗寵幸。采蘋喜梅，玄宗名之曰「梅妃」。自楊玉環入宮後，梅妃寵愛日衰。玄宗在花萼樓，會夷使至，命封珍珠一斛密賜梅妃。妃不受，以詩付使者，曰：「為我進御前也。」其詩云：「桂葉雙眉久不描，殘妝和淚汙紅綃。長門盡日無梳洗，何必珍珠慰寂寥。」玄宗覽詩，悵然不樂，令樂府配以新曲，名〈一斛珠〉。事見宋代無名氏《梅妃傳》。「一斛」為十斗，「一斛珠」字面意思為十斗珍珠，表示珍奇之物很多。

五代南唐，李煜之作為始詞。宋人晏幾道以此調作四詞，改調名為「醉落魄」，其體制與李詞全同，為宋人常用之體。一斛珠，又名「一斛夜明珠」、「醉落魄」（取自晏幾道詞）、「怨春風」（取自張先詞）、「醉落拓」（取自黃庭堅詞）、「新念別」。

「一斛珠」，共三體，正體為雙調五十七字，前後段各五句四仄韻，以宋代蘇軾〈一斛珠‧洛城春晚〉為例：

洛城春晚。垂楊亂掩紅樓半。小池輕浪紋如篆。燭下花

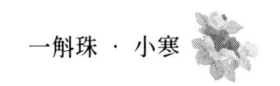

前,曾醉離歌宴。

中平中仄。中平中仄平平仄。中平中仄平平仄。仄仄平平,中仄平平仄。

自惜風流雲雨散。關山有限情無限。

中仄中平平仄仄。平平中仄平平仄。

待君重見尋芳伴。為說相思,目斷西樓燕。

仄平中仄平平仄。仄仄平平,仄仄平平仄。

宋代秦觀〈一斛珠・秋閨〉:

碧雲寥廓。倚闌悵望情離索。悲秋自怯羅衣薄。曉鏡空懸,懶把青絲掠。

江山滿眼今非昨。紛紛木葉風中落。

別巢燕子辭簾幕。有意東君,故把紅絲縛。

三、賞析

十斗珍珠謂之「一斛珠」,除卻雪花晶瑩如珍珠,小寒時節珍奇之物象何其多,寒風飛舞、梅花綻放、大雁思歸、喜鵲築巢、月光長照、訊息恆存,皆為小寒節氣之「明珠」,故用該詞牌。

本詞上闋以「風」始,狀小寒之節律。「小寒風冽」,此處「小寒」有其本義,指寒氣小盛、未到酷寒。小寒的風十分凜

冬靜：沉澱與輪迴

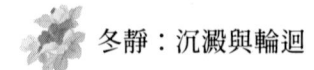

列，正是此風鋪就了這一時節的獨特畫卷。

梨花白，雪花亦白；梨樹的花期為春季 3 至 5 月，雪常見於冬天，兩者雖「花期」不同，但色澤同樣純潔。「**梨花滿樹花如雪**」將兩者連繫起來，充滿巧思，字面上乍一看是春天的梨花為本體冬雪為喻，實則是冬雪做本體梨花為喻。寒風吹落白雪，白雪裝點出了滿樹梨花，頗有「忽如一夜春風來，千樹萬樹梨花開」之意趣。

「**梅花漫放花心悅**」，「漫」字可以有兩解：一為無邊無際，梅花開得漫山遍野，開出一片花海，正因開得極盛才能看到花心；二為梅花開放得散漫、隨意，乘著寒風逍遙遊於寒冷的天地間，因此梅花心中甚是喜悅。[41]

積蓄一冬的寒意終將醞釀一個暖春，那是繁衍新生命的季節。遊子思鄉，「**大雁思歸**」。大雁是冬候鳥，秋季九月左右便開始向南遷徙，經過一兩個月飛到遙遠的南方過冬；寒風送來春將歸來的氣息，大雁則思鄉情切，萌動了北歸的心情。大雁回到家鄉繁衍後代，同樣，喜鵲也為了在三四月安居繁殖後代，在小寒期間便開始銜枝築巢。[42],[43]「**喜鵲新巢設**」，既是描

---

[41] 梅花的花期通常為 1 個月左右，在南方地區 1 至 2 月開放，北方地區 3 至 4 月開放，長江流域甚至從 12 月開到 3 月。

[42] 候鳥，指冬季在南方較暖地區過冬，次年春季飛往北方繁殖，幼鳥長大後正值深秋，又飛臨原地區越冬，對該地區而言，這類鳥稱「冬候鳥」，如鴻雁、天鵝、野鴨等。在中國長江中下游地區生活的鳥類都為冬候鳥。

[43] 喜鵲營巢，常歷時很久，從開始銜枝到初步建成巢的外形要 2 個多月，加上內部工程全部結束，約需 4 個月。繁殖開始較早，在氣候溫和地區，一般在 3 月初即開始築巢繁殖；在中國東北地區多在 3 月中下旬開始繁殖，一直持續到 5 月。

繪喜鵲築巢這一動態的過程,也是期盼新巢做好的美好結果。另外,喜鵲在中國是吉祥的象徵,以喜鵲築巢收束上闋,蘊含著濃濃的希望。

清風向來伴明月,下闋以「月」緊承上闋的「風」,從自然景物的變遷轉向亙古恆存的訊息。「漢水風光秦嶺月」,將時間、空間、物理與訊息融為一體。在時間上「漢」與「秦」相對亦相承,秦是中國歷史上第一個統一的封建王朝,漢是繼秦之後又一強盛的大一統朝代。月亮見證了秦與漢的風光,更是見證了每朝每代的風光與變遷,其中有訊息傳承、超越時間限制之意。且秦朝都城在陝西咸陽,漢朝都城在陝西長安(今西安),「秦」又是陝西的簡稱,將秦漢兩朝都聚集於「秦」地,巧妙地將時間與空間聯通。在地理空間上「漢水」與「秦嶺」相對,一可指具體的漢江和秦嶺山脈;二可指漢之水和秦之嶺;三可理解為互文結構,泛指秦漢山水,不僅是整片中華大地的重要文化發祥地,更是兩次隱喻泱泱中華大地。唯有月這一物理實體,能禁受時光的流轉,跨越時間與空間的限制,匯集古往今來縱橫萬里疆域的訊息,從而成為訊息載體,將整句意境由實境帶入虛境,並將意境貫穿至下句。

「秦川月照誰家闕」中,「川」為水,從秦時、秦地乃至更久遠之際便存在的月,將蘊含的無數訊息照進大川,使水中月與天上月相互掩映,訊息交錯。「照誰家闕」,水中月映出的宮闕是哪朝哪代的?明問這水中月照向何處,暗問這亙古恆存的

冬靜：沉澱與輪迴

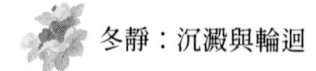

訊息又將與誰發生連繫，凡見者即產生關聯，見者皆有所感，便完成了訊息的無窮傳輸、交疊與再造。

接下來又是一個問句，「**哪來冬夏春秋列**」，進一步深挖世間訊息的變化規律。一則「冬夏春秋」可指四季，四季即一年，此為整體上的理解。二則「冬夏」與「春秋」各有所表，「冬夏」為一年的季節變化中最突出的兩個，可代指四季，是較短的時間；「春秋」可指歷史的長河，是悠長的歲月、已逝的訊息，既與上闋的「秦」、「漢」相呼應，又使意境逐漸幽深綿長。「列」有排布、按位序執行之意，一個「列」字便蘊含著對冬夏春秋、歷史乃至世界執行規律的探究：四季如何排列，歷史如何更迭，世界如何變化？

「**臘八飄香**」，小寒節氣正值農曆臘月初八前後，而臘八正是紀念釋迦牟尼成佛的節日，所以人們於臘八迎佛，寄託美好念想。此處「飄香」，可指臘八粥之香，粥能果腹暖身；也可指行香拜佛，滌蕩靈魂。「**敬請如來說**」，「哪來」對「如來」，「如來」有如實道來之意，這天地之間難以言明的規律、各種美好景象的來處與歸處，都讓自然、讓無所不曉的佛祖去闡明吧！

四、節氣

小寒，於國曆 1 月 5 至 7 日交節，通常為農曆臘月初八前後。冷氣積久而寒，「小寒」是指尚未達到極致的寒意，即此時

一斛珠・小寒

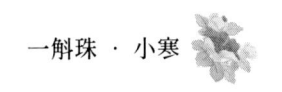

已進入寒冷天氣，但還未到最冷的時候。[44]

冬天最寒冷的時節將到，春天便不會遠，許多動物感受到了溫暖即將到來而開始活動，《逸周書・時訓解》云：「小寒之日，雁北向。又五日，鵲始巢。又五日，雉始雊（ㄍㄡˋ）。」故小寒時節的典型徵候為大雁開始向北遷移、喜鵲開始築巢、野雞開始鳴叫。鳥禽活動顯著，期盼春暖之時繁衍生息。[45]

小寒時節有屬於該節氣的獨特花信。宋代《演繁露》第一卷〈花信風〉記載：「三月花開時，風名花信風。初而泛觀，則似謂此風來報花之消息耳。」從小寒一直到穀雨節氣，共有8個節氣24候，應花期而來的風稱為「二十四番花信風」，小寒一候為梅花的花信，二候為山茶花信，三候為水仙花信。[46],[47]

在農事上，中國北方大部分地區田間都在歇冬，人們的主要任務是在家做好菜窖、畜舍保暖，並造肥積肥；南方地區則需給小麥、油菜等作物追施冬肥，做好防寒防凍、積肥造肥和興修水利等工作。小寒時節有過臘八節、喝臘八粥，吃糯米飯，數著九九過寒冬等習俗。

---

[44] 參見元代吳澄《月令七十二候集解》：「十二月節，月初寒尚小，故雲。月半則大矣。」

[45] 《逸周書》，原名《周書》，在性質上與《尚書》類似，是我國古代歷史文獻彙編。舊說《逸周書》是孔子刪定《尚書》後所剩，是為「周書」的逸篇，故得名。〈時訓解〉是其中的一篇，「時訓」即關於時令的訓教，該篇記載二十四節氣及七十二候。

[46] 《演繁露》，全書共分十六卷，後有《續演繁露》六卷，又稱為《程氏演繁錄》，都是由宋代程大昌所著。全書以格物致知為宗旨，記載了三代至宋朝的雜事488項。

[47] 參見《辭海》（第七版縮印本）（上海辭書出版社），第915頁，「花信風」詞條。

冬靜：沉澱與輪迴

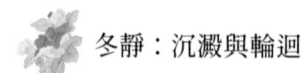

【喜鵲】

　　鳥綱、雀形目、鴉科、喜鵲屬留鳥，共有 10 個亞種。體長 40～50 公分，雌雄羽色相似，頭、頸、背至尾均為黑色，並自前往後可分別呈現紫色、綠藍色、綠色等光澤，雙翅黑色而在翼肩有一大形白斑，尾遠較翅長，呈楔形，嘴、腿、腳純黑色，腹面以胸為界，前黑後白。

一剪梅・大寒

翠柏青松破大寒。暗香浮動,春意微瀾。
紅梅吐蕊露芳顏,天籟花音,枝葉和弦。
綠竹迎賓黃菊還。墨蘭閨中,秀色雲端。
迎春待放水仙繁,何必迎春,自有春歡。

〔清〕惲(ㄩㄣˋ)壽平〈松竹圖〉(區域性)

冬靜：沉澱與輪迴

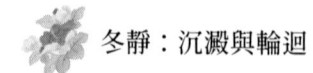

一、詠唱

柏樹色蒼翠，松樹貌常青，在酷寒中昂揚奮發，在諸多草木凋零枯敗之時仍身姿挺拔，守持一身傲骨，突破隆冬的欺壓。

盈盈梅花香，悠悠飄向遠方，是春天的氣息在蕩漾；香氣翻飛激盪，宛若輕輕激起波瀾，奏起「春」之交響。

寒意正盛，於傲雪紅梅猶如樂園。紅梅爛漫生長，俏皮地吐露花蕊，一展清麗容顏。花蕊露，花瓣展，種種花音，俱是天籟；風乍起，枝葉作響，與花音相和，奏出動人的和弦。

綠竹挺立，秀美纖細，節節分明，氣質高潔，猶似謙謙君子。菊花猶盛，凌霜飄逸，不畏寒威，淡雅出塵。以綠竹迎賓便要以黃菊回禮，兩者氣節可相擬。

墨蘭幽幽，尚在閨中待放，雅緻初露，已然風神俊秀。雲端早已窺得墨蘭之姿，仙人裊裊婷婷，仍未及墨蘭之幽雅容色。

為春報信的迎春花含苞待放，別有韻致，亦期盼春來到，進入盛期；水仙花已亭亭立於水中，花團錦簇，一派繁茂。松柏青、梅蘭竹菊正盛，大寒便是其時，何必迎接春天的到來？自成春色，自有春歡。

二、詞牌與詞譜

「一剪梅」，又名「一枝花」、「臘前梅」、「臘梅香」、「臘梅春」、「玉簟秋」、「醉中」等。宋代時候，人們稱一枝為「一剪」，故「一剪梅」的意思就是一枝梅花。古時候相隔兩地的人往往透過贈送對方一枝梅花來表達相思，詞牌「一剪梅」，即取此意而生。

「一剪梅」，共七體，正體為雙調六十字，前後段各六句三平韻，以宋代周邦彥〈一剪梅‧一剪梅花萬樣嬌〉為例：

一剪梅花萬樣嬌。斜插梅枝，略點眉梢。

中仄平平仄仄平。中仄平平，中仄平平。

輕盈微笑舞低迴，何事尊前，拍手相招。

中平中仄仄平平，中仄平平，中仄平平。

夜漸寒深酒漸消。袖裡時聞，玉釧輕敲。

中仄平平中仄平。中仄平平，中仄平平。

城頭誰恁促殘更，銀漏何如，且慢明朝。

中平中仄仄平平，中仄平平，中仄平平。

宋代李清照〈一剪梅‧紅藕香殘玉簟（ㄉㄧㄢˋ）秋〉：

紅藕香殘玉簟秋，輕解羅裳，獨上蘭舟。

雲中誰寄錦書來？雁字回時，月滿西樓。

❀ 冬靜：沉澱與輪迴

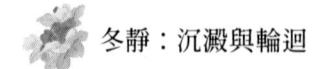

花自飄零水自流，一種相思，兩處閒愁。
此情無計可消除，才下眉頭，卻上心頭。

三、賞析

一枝梅花謂之「一剪梅」，梅花是大寒時節最具代表性的花木，與「大寒」風神俱一，能夠突顯大寒的獨特之美，故用該詞牌。

本詞描繪大寒時節松、柏、梅、蘭、竹、菊、迎春花和水仙等迎寒而生的植物，彰顯風雪中的精靈高潔的品格。

「翠柏青松破大寒」中，松柏常綠，松樹更被譽為「君子樹」，且松、竹、梅並稱「歲寒三友」（出自元代白樸〈朝中措〉）。從松柏能[48]破大寒」可知，君子之質從何展現。「破」字用得巧妙，一可解為「穿透」、「改變」、「翻轉」，「大寒」是極致的寒冷，此時許多樹木凋零，而柏樹、松樹迎著酷寒依然蒼翠，穿透了刺骨的寒意，翻轉了枯敗的氛圍；二可解為「突破」、「綻放」，柏樹和松樹破寒而出，盡顯堅韌不拔的意志和旺盛的生命力，可謂不破不立、大破大立，展現君子風采。

突破大寒的何止松柏，梅為「雪中四友」之一，亦是「四君子」之首，在翠柏青松的一衍生機中，[49]暗香浮動，春意微

---

[48] 唐代李嶠（ㄑㄧㄠˊ）的〈松〉有「鶴棲君子樹，風拂大夫枝」之言，宋代范仲淹的〈歲寒堂三題・君子樹〉亦有「雅為君子材」之言。
[49] 清代宮夢仁《讀書紀數略》所稱「雪中四友」為玉梅、蠟梅、水仙和山茶，但民間

瀾」，飄來一陣陣幽香。「**浮動**」一則展現了香氣的運動狀態，暗香的浮動是因為氣溫變化讓空氣流動，花香隨著空氣層層擴散開來；二則飄飄浮浮、上下搖盪的花香撩動了誰的心弦，是寫下「疏影橫斜水清淺，暗香浮動月黃昏」、願意梅妻鶴子的林逋，還是春天、大自然的心弦？「**微瀾**」是指興起微小的波紋，正是「暗香」預示著春訊已經悄悄萌動，隨著流動的風激起春意。「**春意微瀾**」既可指大寒處於冬春之交、景象漸有春意的自然規律，亦可指梅花在嚴寒中瀟灑自在、傲視風雪之意志，能把隆冬過成初春。

「紅梅吐蕊露芳顏」，「**吐蕊**」是紅梅盛放的動態，「**露芳顏**」是其盛放的結果，展現清雅秀美的容顏，此為視覺描寫。「**天籟花音，枝葉和弦**」，此為聽覺描寫，兼含人耳可聞與不可聞之「聲音」。梅花蓄力生長的聲音、綻放的聲音人耳是聽不到的，但是大自然能聽到，故此花音是天籟，是自然在吟唱；紅梅的枝葉在風中搖曳，是在為花音伴奏和弦，此番聲音人耳可聞，亦可從中感受到枝葉對花的情誼。

上闋三十言，蘊含豐富的視覺、嗅覺與聽覺描寫，並將紅、綠兩種對比鮮明的色彩突顯出來，完成了半卷多姿而立體的美景圖。

「四君子」（出自明代黃鳳池《梅竹蘭菊四譜》）之首的梅花

盛傳「雪中四友」為迎春花、水仙花、山茶花與梅花，許是謬傳，又或是對迎春的肯定與褒揚。

冬靜：沉澱與輪迴

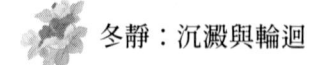

已登場，與其並稱的蘭、竹、菊也於下闋翩然而至，描繪隆冬美景圖的下半卷，色彩更加絢爛。

「綠竹迎賓黃菊還」，「綠」對「黃」，是竹和菊不同的外在表徵，蘊藏著同樣的精神品性，均是對嚴寒的無懼無畏、彰顯本色；「迎」對「還」，有來有往。同樣不畏嚴寒的竹與菊，氣節相當，以高貴、挺拔的綠竹迎來賓客，便需高風亮節、高雅恬淡的菊花來恭送，方顯禮數周全。

「墨蘭閨中，秀色雲端。」墨蘭常在冬末春初開花，天氣寒冷開得慢，像少女一般尚在閨中，有「猶抱琵琶半遮面」的嬌羞之態；墨蘭花色豐富，有白色、暗紫色、黃綠色、紫褐色等，此番秀美的姿態，像雲端的仙子一般，其實仙姿正是源於花之容顏，墨蘭之美早已為人窺知，訊息的相通便是如此。

「迎春待放水仙繁」，迎春花是經霜耐雪的花朵，常在早春二三月開放，在冬末含苞待放，有其堅守之美；在12月底至1月初這段酷寒時節，水仙可凌寒、凌波而開，並開得繁盛美麗。一個「繁」字便寫盡其對酷寒的不屈。正因松柏青、紅梅傲、綠竹堅、黃菊淡、墨蘭幽、迎春含、水仙繁，隆冬自有隆冬之美，心志堅定便能感受大寒如春，意念中的春意甚至不輸於物理上的春色，因此「**何必迎春，自有春歡**」。

末句「**何必迎春**」的「春」字並非實指春季，而是再次點明「春」為意境、為訊息，與上闋「**春意微瀾**」的隱含之意遙相呼應。

一剪梅・大寒

四、節氣

　　大寒，是冬季和二十四節氣中的最後一個節氣，於每年國曆 1 月 20 至 21 日交節。大寒意為「天氣寒冷到極致」，根據中國長期以來的氣象紀錄，在北方地區大寒節氣並沒有小寒冷，但對於南方大部分地區來說該節氣是最冷的。

　　大寒時節，寒潮南下頻繁，時常出現大範圍雨雪天氣。此節氣期間全國各地農活依舊很少，北方地區百姓多忙於堆肥積肥以待開春，或加強牲畜的防寒、防凍措施；南方地區百姓需做好小麥及其他作物的田間管理。果樹生產仍以冬季修剪和清園工作為中心。

　　大寒至立春這段時間，有除舊布新、製作臘味、籌備年貨、祭灶、尾牙祭等習俗。

　　依照《演繁露》所言，大寒的二候花信為蘭花，大寒交節時，蘭花通常含苞待放；小寒的三候花信為水仙花，自小寒最後五日始放，於大寒時節開得正盛。大寒節氣一片冰天雪地，但有「歲寒三友」──松、竹、梅依舊茂盛，不畏嚴寒。

冬靜：沉澱與輪迴

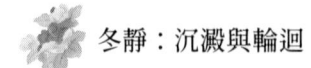

【水仙】

單子葉植物綱、百合目、石蒜科、水仙屬的多年生草本植物。葉寬線形，扁平，長 20～40 公分，粉綠色；鱗莖卵球形，由鱗莖頂端的綠白色筒狀鞘中抽出花莖（俗稱「箭」），花莖幾與葉等長；傘形花序有花 4～8 朵；花被有 6 裂片，卵圓形至闊橢圓形，副花冠淺杯狀，淡黃色，長不及花被的一半。《本草綱目》曰：「此物宜卑溼處，不可缺水，故名水仙。金盞銀臺，花之狀也。」水仙花期為 15 天至 30 天。

原產亞洲東部的海濱溫暖地區；中國浙江、福建沿海島嶼自生，但目前各省分均有栽培。需注意鱗莖多液汁，有毒，含有石蒜鹼、多花水仙鹼等多種生物鹼；外科用作鎮痛劑，牛羊誤食鱗莖，立即出現痙攣、瞳孔放大、暴瀉等，不宜植於室內。

【墨蘭】

又名「報歲蘭」，是單子葉植物綱、微子目、蘭科、蘭屬、建蘭亞屬、墨蘭種地生植物，生於林下、灌木林中或溪谷旁溼潤但排水良好的蔭庇處，海拔 300～2,000 公尺。假鱗莖卵球形，包藏於葉基之內；葉 3～5 枚，帶形，近薄革質，暗綠色；花莖從假鱗莖基部發出，直立，較粗壯；總狀花序具 10～20 朵或更多的花；花瓣近狹卵形，唇瓣近卵狀長圓形，不明顯 3 裂。10 月至次年 3 月可開花，一年開一次，花期長 30 天左右。花的色澤變化較大，常為暗紫色或紫褐色，也有黃綠色、桃紅色或白色，一般香氣較濃。

主要分布在中國安徽南部、江西南部、福建、臺灣、廣東、海南、廣西、四川（峨眉山）、貴州西南部和雲南。

冬靜：沉澱與輪迴

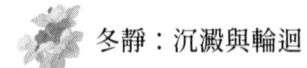

【柏】

　　松杉綱、松杉目、柏科、柏木屬常綠大喬木。通用名為「柏木」，高達 35 公尺，胸徑 2 公尺；樹皮淡褐灰色，裂成窄長條片；小枝細長下垂，生鱗葉的小枝扁，排成一平面。花期 3 至 5 月，種子第二年 5 至 6 月成熟。

　　為中國特有樹種，分布很廣，以四川、湖北西部、貴州栽培最多，生長旺盛，江蘇南京等地也有栽培。喜生於溫暖溼潤的各種土壤地帶，尤以在石灰岩山地鈣質土中生長良好，在四川北部沿嘉陵江流域、渠江流域及其支流兩岸的山地常有生長茂盛的柏木純林。

　　柏木枝葉可提取 / 煉芳香油；樹冠優美，可做庭園樹種；木材可做建築、船隻、器具、家具等用材。

【松】

　　松柏綱、松柏目、松科、松屬的常綠喬木。松樹為輪狀分枝，節間長，小枝比較細弱平直或略向下彎曲，針葉細長成束，樹冠看起來蓬鬆不緊湊，「松」字正是對其樹冠特徵的形象描述。絕大多數是高大喬木，高 20～50 公尺，在東北、華北、西北、西南及華南地區高山地帶組成廣大森林，也是森林更新、造林的重要樹種。有些種類可供採脂、提煉松節油等多種化工原料，有些種類的種子可食或供藥用，有些種類可做園林綠化樹種。極少數為灌木狀，如偃松和地盤松。

冬靜：沉澱與輪迴

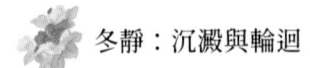

【竹】

　　單子葉植物綱、禾本目、禾本科、竹屬木質化植物，常呈喬木或灌木狀。竹的地上莖（竹竿）木質而中空，是從竹的地下莖成簇狀生出來的；竿和各級分枝之節均可生一芽至數芽，以後芽萌發再成枝條。

　　竹的花期不固定，一般相隔甚長（數年、數十年乃至數百年），某些種終生只有一次開花期，花期常可延續數月之久。竹筍一般長 10～30 公分。由於竹並不經常開花，外形又非常相似，通常根據竹筍外包的籜（ㄊㄨㄛˋ）殼來區別分類。

　　竹一般生長在熱帶和亞熱帶，亞洲、拉丁美洲屬種數量最多，非洲次之，北美洲和大洋洲很少，歐洲除栽培外無野生的竹類。在中國，竹的自然分布限於長江流域及其以南各省分，少數種類還可向北延伸至秦嶺、漢水及黃河流域各處（秦嶺以北雨量少、氣溫低，僅有少數矮小竹類生長）。

國家圖書館出版品預行編目資料

四時剛謂，二十四節氣的詩意畫卷：以「潤華」展「萌華」，在四季流轉中品讀名家文學飽覽自然變換的光影！/ 張滬毒著. -- 第一版. -- 臺北市：崧燁文化事業有限公司，2025.01
面；公分
POD 版
ISBN 978-626-7620-46-5（平裝）

833.4　　113020247

作　　者：張滬毒
發 行 人：黃振庭
出 版 者：崧燁文化事業有限公司
發 行 者：崧燁文化事業有限公司
E - m a i l：sonbookservice@gmail.com
粉 絲 頁：https://www.facebook.com/sonbookss/
網　　址：https://sonbook.net/
地　　址：台北市中正區重慶南路一段 61 號 8 樓
8F., No.61, Sec. 1, Chongqing S. Rd., Zhongzheng Dist., Taipei City 100, Taiwan
電　　話：(02) 2370-3310　傳　　真：(02) 2388-1990
印　　刷：京峯數位服務有限公司
律師顧問：廣華律師事務所 張珮琦律師

-版權聲明-

本書版權為中國經濟出版社所有授權崧燁文化事業有限公司獨家發行電子書及繁體書繁體字版。若有其他相關權利及授權需求請與本公司聯繫。
未經書面許可，不得複製、發行。

定　　價：299 元
發行日期：2025 年 01 月第一版

◎本書以 POD 印製

一顾倾城·大漠